Keine Tapas an der Jagst

AF190845

Der Autor

Henry Gerhard (Jahrgang 1961) absolvierte nach dem Abitur eine Ausbildung bei der Bundeswehr zum Infanterieoffizier. Nach mehreren Verwendungen bei spezialisierten Kräften, u. a. als Ausbilder von Einzelkämpfern sowie Offizieranwärtern der Fallschirmjägertruppe, wechselte er nach einem Einsatz in Afghanistan das Metier. Ab 2006 hat Henry Gerhard sich u. a. als Dozent und Fachbuchautor für Personalmanagement an einer Ausbildungseinrichtung eines weltweit operierenden, deutschen Unternehmens der Sicherheitsbranche einen Namen gemacht. Zurzeit berät er ein designiertes EU-Militärhauptquartier in Angelegenheiten der Inneren Führung. Er lebt mit seiner Familie in Süddeutschland.

Sein Debüt als Schriftsteller gab Henry Gerhard 2008.

Bisher sind von ihm bei Books on Demand GmbH, Norderstedt, erschienen:

© 2008 „Schüsse an der Heimatfront" (Politthriller)
ISBN 978-3-8370-4413-3

© 2009 „Zusatzzahl dreizehn" (Kriminalroman)
ISBN 978-3-8370-2045-8

© 2010 „Tabula rasa" (Kriminalroman)
ISBN 978-3-8370-2470-8

Henry Gerhard

Keine Tapas an der Jagst

Ellwangen-Krimi (Band 1)

<u>Vorbemerkung</u>
Die Charaktere und die Handlung in diesem Kriminalroman sind frei erfunden. Ähnlichkeiten mit real existie-
renden Personen sind rein zufällig und vom Autor nicht
beabsichtigt. Die „gute Stadt" Ellwangen mit ihren be-
schriebenen Teilorten gibt es natürlich.

Bibliografische Information der Deutschen Nationalbibliothek:
Die Deutsche Nationalbibliothek verzeichnet diese Publikation in der Deutschen Nationalbibliografie; detaillierte bibliografische Daten sind im Internet über http:\\dnb.d-nb.de abrufbar.

Herstellung und Verlag: Books on Demand GmbH, Norderstedt

ISBN: 978-3-8423-6318-2

1 Stuttgart-Bad Cannstatt (3. Mai 2010)

„Angelo, Du willst uns wohl verarschen. Erzähl mir nicht, Du hättest das Geld nicht!", sagte Erin Galcan zu Angelo Faustino, dem Pächter der Pizzeria „La Gondola" in Stuttgart-Bad Cannstatt.

„Lasst mich in Ruhe, Ihr faulen Schweine. Ich will mit Euch nichts zu tun haben. Wenn Ihr in einer Minute nicht aus meiner Küche verschwunden seid, rufe ich Don Vincenzo!", erwiderte Angelo Faustino und hielt ein schweres Hackmesser wie zur Unterstützung seiner Worte in Richtung Erin Galcan.

Seit etwa drei Wochen beobachteten Erin Galcan und sein Kollege Carlos Martinez die Pizzeria im Auftrag ihres Chefs Ture Schäffler. Ture Schäffler war einer der Stuttgarter Kredithaie und lieh selbst Leuten, denen das Wasser bereits bis zu den Nasenlöchern stand, noch Geld. Gegen üppige Zinsen natürlich! Natürlich! Das war aber in der Branche üblich und nicht überraschend. Ture Schäffler hatte ja auch Ausgaben und manche seiner Kunden keinerlei andere Sicherheiten als ihr nacktes, beschissenes Leben.

Ture Schäffler hatte noch zwei weitere Geschäftsmodelle am Laufen. Er trieb mit seinen Leuten für Andere deren Schulden ein und bot Geschäftsleuten Sicherheit für ihre Unternehmungen an. Die erste Geschäftsidee setzte er mit seiner Firma Nordin Inkasso um, die in Bad Cannstatt in der Waiblinger Strasse ein repräsentatives Büro unterhielt. Von dort aus wurde – allerdings ohne dies auf dem Messingschild am Eingang des Bürogebäudes zu vermerken – auch der Schutz von Unternehmungen diskret organisiert.

Etwas weniger diskret waren heute aber Erin Galcan und Carlos Martinez nach Schließung des „La Gondola" zu Angelo Faustino in dessen Küche eingedrungen. Die meisten seiner Angestellten hatte Angelo Faustino bereits nach Hause geschickt. Lediglich zusammen mit seinem Sohn Giovanni und seiner Tochter Ricarda räumte er noch die Küche auf. Eigentlich wollte er in wenigen Minuten damit fertig sein. Eigentlich.

„Angelo, wir haben Dich beobachtet. Dein Lokal geht gut. Sehr gut sogar. Vielleicht geht es auch zu gut. Gut gehende Lokale rufen den Neid der Konkurrenz auf den Plan. Böse Dinge könnten passieren. Neid schmiedet leicht böse Pläne", sagte Erin Galcan mit verschwörerischem Unterton in seiner Stimme.

„Verschwindet! Und sagt Eurem Boss, ich zahle an Don Vincenzo für meine Sicherheit. Ihr bekommt von mir keinen Cent. Und jetzt raus mit Euch!", antwortete Angelo Faustino mit fester Stimme.

„Wo waren nur Don Vincenzos Leute?", fragte sich Giovanni Faustino die ganze Zeit. Giovanni hatte den Alarmknopf unter dem Tresen bereits gedrückt, als er die beiden dunkelhaarigen Männer durch den Hintereingang die Küche betreten sah. Aber noch war von Don Vincenzos Truppe nichts zu sehen.

Sie zahlten Don Vincenzo regelmäßig eine horrende Summe, um in Ruhe ihre Pizzeria betreiben zu können. Die Faustino stammten aus San Luca in Kalabrien. An der italienischen Stiefelspitze war es ganz normal, dass man sich in die Obhut eines Schutzpatrons begab, um sicher und unbehelligt seinen Unternehmungen nachgehen zu können. Deshalb hatte Angelo Faustino sich vor sieben Jahren auch in Bad Cannstatt dem Patron Don Vincenzo unterstellt. Bisher hatte sich das für die Faustino ausgezahlt. Das „La Gondola" lief prächtig.

Die beiden ungebetenen Besucher waren Giovanni schon in der letzten Woche aufgefallen. Sie hatten an mehreren Tagen zu unterschiedlichen Tageszeiten zusammen in der Pizzeria gegessen. Nach dem Essen blieben sie stets noch etwas sitzen, um sich zu unterhalten. Beide trugen dunkle Anzüge und Sonnenbrillen, dazu auffällige Uhren und Schmuck. Der eine, der jetzt in der Küche das Wort führte, war etwa einen Meter neunzig groß und hatte kurz geschorene, graue Haare. Seinem Akzent nach zu urteilen, stammte er aus dem ehemaligen Jugoslawien und war geschätzte Mitte vierzig Jahre alt. Der jüngere von beiden hatte langes, glänzendes schwarzes Haar, das er zu einem Pferdeschwanz gebunden trug. Er sah aus wie ein Spanier, sprach aber lupenreines Schwäbisch, wie viele Nachbarn der Faustino.

„Rück fünfhundert Euro raus! Damit ist unser Boss vielleicht erst einmal zufrieden. Ich werde ihm sagen, dass heute Abend Dein Lokal nur schwach besucht war. Vielleicht sage ich ihm aber auch, dass Du nicht besonders kooperativ warst. Soll ich ihm das wirklich sagen? Mein Boss mag es lieber, wenn die Leute kooperativ sind. Oder bist Du doch kooperativ, Angelo?", fragte Erin Galcan mit immer leiser werdender Stimme.

„Verschwindet endlich!", war Angelo Faustinos einzige Antwort.

Blitzschnell schnellte die Hand von Carlos Martinez nach vorne und umklammerte die rechte Hand von Angelo Faustino, mit der dieser bisher das Hackmesser bedrohlich in Richtung Erin Galcan gehalten hatte. Zweimal musste er Angelos Handrücken fest auf die Arbeitsplatte schlagen, bis dieser seinen Griff löste und das Hackmesser zu Boden fiel. Mit zwei wuchtigen Faustschlägen gegen Nase und Bauch streckte er anschließend Angelo Faustino zu Boden, ohne dass dieser die Chance auf eine Gegenwehr hatte. Angelo Faustino lag nun auf dem Rücken und hielt sich mit der einen Hand seine Magengrube und mit der anderen Hand tastete er nach seiner blutenden Nase, die allem Anschein nach gebrochen war.

„Angelo, gib uns das Geld. Sonst passiert Deinen Kindern noch etwas."

„Lasst meine Kinder in Ruhe, Ihr Schweine!"

„Giovanni, gib ihm die fünfhundert Euro, damit sie endlich verschwinden."

Giovanni Faustino ging in die Gaststube, nahm das Geld aus der Kasse und kam nach wenigen Sekunden wieder zurück in die Küche. Sein Vater lag immer noch am Boden. Ricarda war bei ihm. Carlos Martinez hatte das Hackmesser mittlerweile aus der Reichweite von Angelo Faustino geholt und aufgehoben, um ihn nicht in Versuchung zu führen. Erin Galcan stand am Küchentisch, als ihm Giovanni Faustino die Geldscheine auf die Arbeitsplatte legte.

Unvermittelt holte Carlos Martinez mit dem Hackmesser aus und schlug damit wuchtig auf die Arbeitsplatte. Kleiner und Ringfinger an der rechten Hand von Giovanni Faustino wurden dadurch glatt abgetrennt und rollten seitlich weg.

Das Geräusch dabei hörte sich an, als ob man die Flügel an einem gerupften Hühnchen abhackt. Bloß bei einem Hühnchen lief anschließend kein Blut auf die Arbeitsplatte. Und ein Hühnchen schrie auch nicht vor Schmerzen, so wie das Giovanni Faustino jetzt tat. Ein Hühnchen wurde auch nicht in das nächste Krankenhaus gefahren, um die Flügel wieder anzunähen, so wie das mit den Fingern von Giovanni Faustino geschah. Das Hühnchen wäre ja - ganz im Gegensatz zu dem Italiener – jetzt schon tot gewesen. Dieser Vorteil gegenüber dem Hühnchen war Giovanni Faustino auf den ersten und selbst auf den zweiten Blick nicht aufgefallen. Und Carlos Martinez war es auch egal gewesen, als er das Hackmesser in Richtung der menschlichen Hühnchenflügel in Form zweier Finger heruntersausen ließ. Als gelernter Koch hatte Carlos Martinez schon viele Hühnchenflügel abgehackt, um ein Tier zu parieren und bratfertig zu machen. Die Faustino parierten jetzt sicher auch und waren für Ture Schäffler bratfertig.

2 Ellwangen-Rindelbach (12. Juli 2010)

Packo schnüffelte zuerst an dem dunklen Fleck auf dem Betonboden der Fußgängerbrücke. Aufgeregt wedelte er dabei mit seinem spitzen Schwanz. Der Dackel-Rüde drehte seinen Kopf zu Alexander hin und verfolgte dann den Geruch weiter zum Geländer der Brücke hin. Drei Metallstreben des Brückengeländers waren ebenfalls mit einem eingetrockneten dunklen Belag überzogen, der offensichtlich das Interesse der feinen Nase des kleinen Hundes geweckt hatte.

Mit einem Satz hüpfte Packo plötzlich von der Brücke und lief den kurzen steilen Abhang hinunter an das Ufer der schnell vorbei fließenden Jagst. Packo fing laut an zu bellen, als er den leblosen Körper erreicht hatte. Alexander beugte sich über das Brückengeländer, um zu sehen, was da unten vor sich ging.

Obwohl Packos Herrchen erst zwölf Jahre alt war, merkte Alexander sofort, dass der Mensch, der regungslos im Gras lag, nicht schlief. Seine Arme standen in unnatürlicher Haltung vom Körper ab und das Gesicht hing bis etwa zum Haaransatz in das Wasser. Alexander durfte zusammen mit seinen Eltern ab und zu schon Krimis im Fernsehen anschauen.

„Dieser Mann ist tot!", sagte ihm deshalb seine kindliche Logik.

„Packo, aus! Packo, aus!", rief er laut in die Richtung seines Hundes.

Seine Mutter war gleich am Telefon, als sie auf dem Display des Festnetzgerätes „Handy Alexander" abgelesen hatte.

„Was ist denn, mein Schatz?", fragte sie ihren Sohn, als die Verbindung hergestellt war.

„Mama, da liegt ein Toter", antwortete Alexander mit leicht erregter Stimme.

„Sascha, was meinst Du mit ‚da liegt ein Toter?'",

wollte sie besorgt wissen.

„Mama, da liegt ein Toter, direkt an der Fußgänger-brücke. Der Packo hat ihn gefunden. Ich hätte ihn gar nicht gesehen, wenn der Packo nicht hingelaufen wäre und gebellt hätte", antwortete Alexander seiner Mutter.

„Sascha, ist jemand in Deiner Nähe?"

„Nein, Mama", antwortete Alexander bereits, bevor seine Mutter eine weitere Frage stellen konnte.

„Lauf schnell hinüber zur Reithalle! Ich rufe sofort die Polizei und komme mit Papa zur Reithalle. Lauf schnell hinüber zur Reithalle! Bitte! Hast Du das ver-standen? Du musst da sofort weg!"

„Mama, ich bin doch kein kleines Kind mehr. Ich habe das schon verstanden. Wenn im Fernsehen Tote gefunden werden, kommt immer die Polizei. Das ist doch klar. Packo und ich bewachen jetzt den Tatort, damit keine Spuren verwischt werden."

„Sascha, Du bist ein schlauer Junge. Aber bitte gehe jetzt rüber zur Reithalle. Von dort aus kannst Du den Tatort auch bewachen. Bitte gehe zur Reithalle!"

„Ja, Mama. Leg endlich auf, damit Du die Polizei an-rufen kannst."

„Ja, Sascha, Du bist ein schlauer Junge", wiederholte sie wie zur Selbstberuhigung.

„Ja, Sascha, mache ich. Und Du gehst hinüber zur Reithalle und wartest auf Papa und mich. Bitte!"

Alexander verstand gar nicht, warum sich seine Mut-ter so aufregte. Er war doch kein kleiner Junge mehr. Er war immerhin schon zwölf Jahre alt. Und Packo war ja auch dabei.

3 Rindelbach (12. Juli 2010)

„Reiser", krächzte Frank Reiser in sein Handy und man konnte seiner Stimme anhören, dass er gefühlte zwei Sekunden vorher noch tief und fest geschlafen hatte.

„Ich bin es, Matthias", sagte Matthias Zabert und dessen Stimme konnte Frank Reiser anmerken, dass dieser bereits seit geraumer Zeit hellwach war.

„Zappa, weißt Du, wie spät es ist?"

„Frankie, halb sieben. Schwing Deinen Arsch aus den Federn und komm sofort hierher!"

„Zappa, was soll der Scheiß? Ich bin erst um halb zwei ins Bett."

„Frankie, wenn Du in fünf Minuten da bist, hast Du die Geschichte, bevor die Kripo aus Aalen da ist. Wir haben den Spanier tot aufgefunden. So wie es auf den ersten Blick aussieht, hat er sich seine tödlichen Verletzungen nicht selbst zugefügt. Kommst Du jetzt?"

Jetzt war auch Frank Reiser plötzlich hellwach. Ohne seinem Badezimmer einen Besuch abzustatten, zog er sich an, griff sich seine Reportergrundausstattung und holte sein Fahrrad aus der Garage. Mit ein paar kraftvollen Tritten in die Pedale hatte er soviel Schwung aufgenommen, dass er die dreihundert Meter von seiner Wohnung in der Kellerhausstrasse bis zum Tatort tatsächlich in drei Minuten zurücklegen konnte.

Matthias Zabert wartete an der Absperrung bereits auf ihn. Als er Frank Reiser heranradeln sah, gab er ihm einen unauffälligen Wink und ging selbst ein paar Schritte nach links in den angrenzenden Innenhof des leer stehenden Gehöfts, das schon seit längerer Zeit zum Verkauf stand.

„Zappa, was ist passiert?", fragte Frank Reiser seinen alten Freund, als er vom Fahrrad gestiegen und wieder bei Atem war.

„Ich habe noch nicht viel. Der kleine Alexander Greiner ist mit seinem Hund kurz nach sechs Uhr Gassi gegangen. Auf der Brücke hat der Packo, so heißt der Hund, Blutspuren gefunden, ist dann an die Jagst hinunter gelaufen und hat dort eine reglose Person gefunden. Der Alexander hat dann sofort richtig reagiert und seine Mutter angerufen. Die hat uns dann alarmiert. Ich hatte meine Schicht schon fast rum. Wir sind mit zwei Wagen hergefahren und haben den Tatort abgesperrt. Die Kripo aus Aalen müsste auch jeden Moment eintreffen."

„Ich kenne den Sascha, der ist ein aufgewecktes Kerlchen."

„Dafür ist die Sabine ziemlich mit den Nerven herunter", unterbrach ihn Matthias Zabert und strich sich dabei mit der rechten Hand über seinen grau melierten Kinnbart.

„Ich spreche mal mit der Sabine. Wir sind zusammen auf das Hariolf-Gymnasium in Ellwangen gegangen. Die war immer schon leicht aus der Fassung zu bringen", fuhr Frank Reiser fort.

„Hast Du deshalb mit ihr Schluss gemacht?", hakte Matthias Zabert nach.

„Zappa, pass mal auf! Das mit der Sabine Schwab war nie etwas Ernstes. Nur eine Schülerliebe. Wir haben beide in der Schönauer Strasse gewohnt und sind gemeinsam mit dem Schulbus ins HG gefahren. Wir haben ein paar Mal rumgeknutscht. Dann hat sie den Greiner Herbert kennen gelernt. Der passt gut zu ihr. Zumindest habe ich den Eindruck. War es das, Zappa?"

„Frankie, bleib locker. Da war anscheinend doch mehr zwischen Sabine und Dir. Sonst würdest Du nicht so spontan hochgehen. Habe ich recht?"

„Jetzt hör auf mit dem Scheiß! Du bist sicher, dass der Tote der Spanier ist?"

„Ja, Frankie. Todsicher! Wenn Du weißt, was ich meine. Es ist Carlos Martinez. Da gibt es keinen Zweifel. Ich muss jetzt zurück. Die Kollegen aus Aalen kommen gleich."

„Weißt Du schon etwas über die Todesursache?"

„Nein, aber er ist sicher nicht an Altersschwäche gestorben. Verkehrsunfall war es auch keiner."

„Blödmann! Halt mich auf dem Laufenden!"

Matthias Zabert ging zurück zu seinem Streifenwagen. Sein Kollege an der Absperrung glaubte ihm, dass er kurz zum Pinkeln weg war. Wenige Minuten später trafen drei weitere Polizeifahrzeuge ein. Damit war der Brückenweg komplett mit Polizeiautos zugeparkt.

Der Vorhang des Fensters im dritten Stock bewegte sich nur kurz. Die Nummern der Polizeifahrzeuge hatte Herbert Kimmel mit seiner unsicheren, krakeligen Schrift auf seiner Liste notiert. Der Brückenweg war zwar schon wieder nicht mehr befahrbar, aber die Ordnungshüter hatten ja schließlich einen Grund, mit ihren silbern-blauen Streifenwagen hier zu parken.

Herbert Kimmel beobachtete noch geraume Zeit die Szene, bis ihn seine Mutter zum Frühstück rief. Herbert Kimmel würde heute ganz eilig frühstücken, um ja nichts Interessantes zu verpassen. So viele Polizeiautos auf einen Haufen hatte Herbert Kimmel in seinem ganzen Leben noch nicht gesehen. Es war auch in seinem ganzen Leben noch nicht vorgekommen, dass in seiner Nachbarschaft eine Leiche gefunden wurde. Es war überhaupt die erste Leiche, die in Rindelbach gefunden wurde.

4 Ellwangen-Schönenberg (10. Mai 2010)

Frank Reiser saß seit knapp zwei Stunden auf einer Holzbank im Mittelschiff der Wallfahrtskirche auf dem Schönenberg bei Ellwangen. Zwei Stunden in der Stille einer Kirche konnten eine lange Zeit sein. Manchmal wurde diese Stille durch die im Kirchenschiff umhergehenden Touristen unterbrochen, die aber weiter keine Notiz von ihm nahmen. In zwei Stunden konnte man aber auch über vieles nachdenken.

Vor genau sieben Jahren kam sein Bruder Lukas bei einem Motorradunfall auf der Kreisstrasse von Ellwangen-Rattstadt nach Ellenberg ums Leben. Damals war die Welt noch in Ordnung gewesen für die Familie Reiser. Frank Reiser war ein erfolgreicher Journalist in Stuttgart gewesen. Die Nachricht vom Tod seines ältesten Bruders hatte ihn zunächst nicht aus der Bahn werfen können. Je länger er dann aber über den Sinn des Lebens nachdachte, umso mehr kam er ins Grübeln, ob er selbst auf dem richtigen Weg war.

Zusammen mit Lukas wuchs Frank als Nesthäkchen der Familie Reiser in der Schönauer Strasse in Rindelbach auf. Der Ort, an der Jagst bei Ellwangen gelegen, war lange Zeit eigenständig gewesen, bei der Gebietsreform 1973 aber dann genauso wie die anderen Teilorte Pfahlheim, Röhlingen und Schrezheim der Großen Kreisstadt Ellwangen zugeschlagen worden. Vater Reiser arbeitete in der Fabrik des bekannten Batterieherstellers Varta. Nebenher wurde noch eine kleine Landwirtschaft mit wenigen Hektar Wiesen in den Jagstauen und etwas Wald nahe dem Nachbarort Schönau bewirtschaftet. Als der Pferdeboom Ellwangens auch den Teilort Rindelbach erreicht hatte, baute Vater Reiser eine kleine Reithalle und entsprechende Auslaufflächen aus, um sich mit dem Einstellen und Versorgen von Pferden einen weiteren kleinen Nebenverdienst zu sichern. So wie das fast alle Rindelbacher Landwirte nach und nach gemacht hatten. Einige von ihnen verlegten sich sogar ganz auf die Pferdezucht und konnten mittlerweile auch überregional anerkannte Zuchterfolge vorweisen. Die kleine Außenstelle des Baden-Württembergischen Landesgestüts Marbach wertete Rindelbach als lokale Pferdehochburg zusätzlich auf.

Zwischen Frank, dem jüngsten, und Lukas, dem ältesten Reisersohn, gab es noch Thomas Reiser. Die Reiser-Brüder waren in ihrer Jugend ziemliche Rabauken gewesen. Nach ihrer Berufsausbildung wurde es endlich ruhiger um sie. Frank Reiser hatte 1989 in Ellwangen am Hariolf-Gymnasium, dem HG, Abitur gemacht. Auf Wunsch der Eltern hatte er begonnen, Medizin zu studieren. Erfolglos.

Über einen Job in den Semesterferien bei der Redaktion der Ipf- und Jagst-Zeitung in Ellwangen kam er zum Journalismus. In Stuttgart war Frank Reiser zwischenzeitlich ein erfolgreicher Journalist geworden, der sich auf die Bereiche Sport und Politik spezialisiert hatte. Da er immer schon ein Faible für schnelle Fortbewegung gehabt hatte, war er zusätzlich auch gerne freiberuflich für Autozeitschriften als Motorjournalist tätig. Mit Fachbüchern über die Flügeltürer von Mercedes-Benz und über deren E-Klasse konnte er seinen Ruf als Fachjournalist festigen. Beide Bücher gehörten mittlerweile zu den Standardwerken bei den Fans der Automobilmarke mit dem Stern.

Während des Studiums in Stuttgart hatte sich Frank Reiser in die Kunststudentin Juliette Beck verliebt. Juliette hatte ihm 1994 die erste Tochter Sophie und 1996 die zweite Tochter Julia geboren. Seit einiger Zeit lief die Ehe jedoch auf Sparflamme. Die ersten acht Monate ihres Trennungsjahres hatten die Reisers bereits hinter sich gebracht. Wenn alles planmäßig lief, waren sie Weihnachten 2010 geschiedene Eheleute. Das war auch der Grund dafür, dass Frank Reiser in seinem Heimatort Rindelbach eine kleine Dreizimmer-Wohnung in der Kellerhausstrasse bewohnte.

Vor fünf Jahren war Mutter Reiser gestorben, vier Jahre nach ihrem Mann. Frank war damals kurz mit seiner Familie in sein Elternhaus in der Schönauer Strasse eingezogen. Das war aber der Anfang vom Ende seiner Ehe gewesen. Das alte Haus entsprach nur ungenügend den Komfortansprüchen von Juliette Beck-Reiser. Selbst als das neue Baugebiet „Im Wannenfeld", am Westrand von Rindelbach gelegen, ausgewiesen wurde und Frank sich dort zum Neubau eines Hauses entschlossen hatte, rettete das die kriselnde Ehe nicht mehr.

Rindelbach und selbst Ellwangen waren Juliette Beck-Reiser zu provinziell gewesen. Sie zog mit den Töchtern wieder zurück in ihr Haus in Stuttgart. Dass sie als Galeristin in Stuttgart näher an ihrem Arbeitsplatz und ihren Geschäftspartnern sein würde, gab als Argument den weiteren Zukunftsplänen von Frank Reiser den Rest.

Nun wohnte Frank Reiser in einer kleinen Mietwohnung und war dabei, sein Elternhaus und den halbfertigen Rohbau seines Hauses im Wannenfeld zu veräußern. Es gab zwar für beide Objekte schon Interessenten, die Preisvorstellungen lagen zwischen potenziellen Käufern und Frank Reiser aber noch diametral auseinander. Da Frank Reiser finanziell keine Sorgen hatte, übergab er die ganze Angelegenheit einem erfahrenen Ellwanger Immobilienmakler und wartete ab, bis sich in der Hinsicht etwas Akzeptables ergeben würde.

Durch die dicken Eichentüren des Seiteneingangs der Wallfahrtskirche drang das Geräusch leisen Donners. Der helle Sonnenschein, der die Kirchenfenster im Altarraum hell erleuchtete, ließ erkennen, dass ein Gewitter nicht dessen Ursprung sein konnte. Die Tür wurde fast geräuschlos geöffnet. Zusammen mit zehn Männern, alle in Bikerkluft, kam Thomas Reiser in die Kirche und setzte sich neben seinen Bruder Frank. Schweigend saßen Frank Reiser und die elf Motorradfahrer nun minutenlang wortlos in der Wallfahrtskirche. Frank Reiser erhob sich als Erster, bekreuzigte sich und ging zum Ausgang. Alle anderen folgten ihm. Er ließ das Hauptgebäude des Landpastorals am Schönenberg rechts liegen und öffnete nach kurzem Fußmarsch das eiserne Eingangstor zum Friedhof. Zielstrebig ging er zu einer bestimmten Grabstelle.

„Lukas Reiser, geb. 24.12.1965 in Rindelbach, gest. 10.05.2003 nahe Ellenberg", stand auf dem dunklen Marmorgrabstein.

Daneben ein verblassendes Photo, das einen optimistisch dreinblickenden Motorradfahrer auf seiner roten Ducati zeigte. Der Helm hing am Rückspiegel. Die langen blonden Haare waren zu einem Pferdeschwanz gebunden. Auf dem Soziussitz eine attraktive schlanke Blondine. Beide trugen einheitliche Motorradkombis und die Kutten des Motorradclubs Rindelbach.

„Patrizia Saller, geb. 10.05.1975 in Ellwangen, gest. 10.05.2003 nahe Ellenberg", war auf zwei Zeilen darunter zu lesen.

Den Abschluss bildete ein Ducati-Schriftzug, der von Flügeln eingerahmt wurde, und der auf dem Grabstein kursiv eingravierte Satz „Luke and Pattie, born to die wild - unforgotten!"

Thomas Reiser ergriff den Weihwasserpinsel und tauchte ihn in die kleine Schale auf der Grabplatte ein. Dreimal wedelte er damit in Richtung des Photos und verließ zusammen mit seinen Freunden wieder den Gottesacker auf dem Ellwanger Schönenberg. Nach wenigen Minuten entfernte sich das donnernde Motorengeräusch der Harley-Davidson-Motorräder talwärts in

Richtung Ellwangen. Kurz darauf stieg Frank Reiser in seinen Wagen und fuhr nach Ellenberg, um an der Unfallstelle noch ein Gebet für seinen toten Bruder und seine Beinahe-Schwägerin zu sprechen. Als er vor dem verwitterten Holzkreuz im Straßengraben stand, bemerkte er die Bewölkung am Horizont über Ellenberg. Eine Wolke hatte - bei einigermaßen Vorstellungsvermögen - annähernd die Form eines bärtigen Greisengesichts.

„Brauchst gar nicht so unschuldig zu schauen!", rief Frank Reiser in Richtung Himmel.

„Zwei Sekunden! Zwei Sekunden! War das wirklich zu viel verlangt von Dir?"

Frank Reiser rechnete nicht mit einer Antwort, aber es tat ihm gut, seine Wut und seine Trauer herauszuschreien.

„Wenn der Geländewagen damals zwei Sekunden später aus dem Waldweg in die Kreisstrasse eingebogen wäre, würden Lukas und Patrizia wahrscheinlich heute noch leben", dachte Frank Reiser.

„Zwei lumpige Sekunden!"

Frank Reiser stieg in seinen Wagen und fuhr zurück nach Ellwangen. Wie jedes Jahr hatte er zuerst das Grab seines Bruders auf dem Friedhof und danach die Unfallstelle besucht. Wie jedes Jahr kam ihm auch dieses Jahr der Tod seines Bruders Lukas und dessen Lebensgefährtin Patrizia Saller absolut sinnlos vor. Beide hatten noch so viel vor gehabt in ihrem Leben. Ausgerechnet am Geburtstag von Patrizia Saller waren diese Pläne von einem auf den anderen Augenblick hinfällig geworden.

„Einundzwanzig, zweiundzwanzig, dreiundzwanzig", zählte Frank Reiser leise, während er am Kressbachsee in Richtung Ortseingang Rindelbach fuhr.

„Zwei lumpige Sekunden!"

Frank Reiser musste wieder darüber nachdenken, wie kurz oder wie lang zwei Sekunden sein konnten.

5 Stuttgart (10. Mai 2010)

„Wer stimmt dagegen?", fragte Ture Schäffler, der Geschäftsführer der Nordin Inkasso.

Allen Anwesenden war klar, dass die Frage nur rhetorisch gemeint sein konnte. Die Würfel waren gefallen.

Seit geraumer Zeit hatte im Raum Stuttgart ein Verdrändungswettbewerb unter den Schutzgelderpressern eingesetzt. Letzter Höhepunkt war die Ermordung des Bandenchefs Karol Hufnagel und zwei seiner Geldeintreiber gewesen. Alle drei waren bei einem Schusswechsel in einer Böblinger Disko ums Leben gekommen. Ture Schäffler hatte nun genug. Auch seine Leute hatten in letzter Zeit ständig Schwierigkeiten bekommen. Ihr Auftritt in der Pizzeria „La Gondola" war nur ein Indiz dafür, dass etwas geschehen musste. Eigentlich gehörte dieses italienische Restaurant zum Revier von Don Vincenzo. Es lag aber neben drei Kneipen, für deren „Sicherheit" die Nordin Inkasso „verantwortlich" war. So war es für Ture Schäffler nur logisch, das „La Gondola" unter seine Fittiche zu nehmen. Was sich Don Vincenzo nicht so einfach gefallen lassen wollte.

Die „Schwierigkeit" für Ture Schäffler bestand seit drei Tagen darin, dass sein Chefeintreiber, Erin Galcan, in einer Stuttgarter Klinik im Koma lag, nachdem ihn Don Vincenzos Leute zuhause „besucht" hatten.

Ture Schäffler hatte nicht nur seinen besten Mann verloren, sondern musste auch das „La Gondola" wieder abgeben. Weitere solche Aktionen wollte und konnte er sich auf Dauer nicht leisten. Ähnlich sahen das mittlerweile auch seine Mitbewerber.

In einem geheimen Treffen wurde - auf Initiative von Ture Schäffler hin - Stuttgart und Umgebung in sieben Distrikte aufgeteilt, in denen die jeweils zuständige „Firma", unbehelligt von den Mitbewerbern, nach Belieben schalten und walten konnte. Dieser Plan wurde bei dem Treffen einstimmig angenommen. Ob dieses Votum die Zeit überdauern würde, konnte keiner der Bandenchefs abschätzen. Die meisten von ihnen hatten aber wohl so viel Ganovenehre im Leib, dass das zumindest für die nächste Zeit eine brauchbare Ausgangsbasis für den Geschäftszweig „Sicherheit in der Gastronomie von Stuttgart" sein konnte.

Nordin Inkasso hatte einen kleinen Zipfel am Ostrand von Stuttgart zugeteilt bekommen sowie den Kreis Heidenheim und den Ostalbkreis. Alleine aufgrund der Entfernungen schien letzteres für Ture Schäffler ein wenig lukrativer Teil sein. Diejenigen, die einen Sektor im Westen und Süden Stuttgarts bekommen hatten, schienen nach seiner Bewertung deutlich im Vorteil zu sein. Ture Schäffler musste die Kröte aber schlucken und nun das Beste daraus machen. Zumindest Schwäbisch Gmünd, am Ende der vierspurig ausgebauten Bundesstrasse 29 gelegen, versprach gute Einnahmen. Alle weiteren größeren Ortschaften im Ostalbkreis und im Landkreis Heidenheim würden wohl nur Unkosten verursachen, so mutmaßte Schäffler. Seit Schwäbisch Gmünd jedoch aufgrund des Tunnelneubaus eine einzige Baustelle geworden war, machte auch dort die Gastronomie sinkende Umsätze, sodass auch für Schäfflers Leute weniger zu holen war.

Notgedrungen musste Ture Schäffler das Terrain in Aalen, Ellwangen, Heidenheim und Giengen wenigstens sondieren lassen, um festzulegen, ob sich eine Dependance der Nordin Inkasso in einer dieser Städte für ihn rechnen würde oder ob er auf Dauer in Stuttgart den Boden behaupten musste, um seine Geschäfte weiter betreiben zu können. Auf den frischen Pakt alleine wollte er sich auf keinen Fall verlassen. Das sagte ihm schon seine über zwanzigjährige Erfahrung in dieser Branche.

6 Rindelbach (10. Mai 2010)

„Wo warst Du denn?", fragte Juliette Beck-Reiser ihren Noch-Ehemann am Telefon mit leicht vorwurfsvollem Unterton in der Stimme.

„Ich war auf dem Friedhof bei Luke und Pattie. Wie jedes Jahr. Hast Du das Datum schon vergessen?", antwortete Frank Reiser ruhig.

Er hatte heute keine Lust, sich mit seiner Frau herum zu streiten.

„Nein, ich habe das Datum nicht vergessen. Ich habe nur schon ein paar Mal versucht, Dich anzurufen."

„Was willst Du denn?"

„Bleibt es bei nächster Woche?", wollte Juliette Beck-Reiser wissen.

„Ja. Ich habe doch gesagt, dass Sophie und Julia zu mir kommen können", antwortete Frank Reiser.

„Ich muss nächste Woche unbedingt nach London zu dieser Auktion. Du weißt, wie wichtig dieser Termin für meine Galerie ist."

„Fährt Bertram auch mit?"

„Wieso interessiert Dich das auf einmal?"

„Was heißt hier auf einmal. Mich hat immer schon interessiert, mit wem meine Frau schläft. Oder nicht?"

„Jetzt werde nicht sarkastisch, Frank!"

„Was heißt denn hier sarkastisch? Du schläfst mit Deinem Chef und fliegst mit ihm zusammen nach London zu einer Auktion. Und damit Euch unsere Töchter nicht stören, gibst Du sie bei mir ab. Da muss ich doch nur Eins und Eins zusammenzählen."

„Frank! Jetzt hör mir mal gut zu. Das mit Bertram und mir in London ist rein geschäftlich. Damit das klar ist! Ich bin nicht mit ihm zusammen. Das ist rein geschäftlich. Verstehst Du?"

„Juliette, Du kannst mir viel erzählen. Vor einem Jahr hast Du auch gesagt, es wäre nur geschäftlich. Und dann bist Du mit ihm in die Kiste gehüpft. Oder war das auch nur geschäftlich?"

„Jetzt hör damit auf, Frank. Ich war einmal mit Bertram im Bett. Das weißt Du ganz genau. Seit diesem einen Mal ist nichts dergleichen mehr gewesen. Ja! Es war ein Fehler! Aber wenn Du ehrlich zu Dir selbst bist, hatten wir uns beide schon aufgegeben. Frank, überleg doch! Wenn Du mich wirklich noch lieben würdest, hättest Du das alte Haus in Rindelbach verkauft und wärst zu uns nach Stuttgart zurückgekehrt. Aber nein, der gnädige Herr muss ja in seinem Kaff wohnen."

„Juliette, sei nicht ungerecht. Unser neues Haus hätte allen Komfort gehabt, den Du Dir wünschst."

„Frank, es war eine Schnapsidee. Und Du weißt das. Nimmst Du Sophie und Julia, oder nicht? Sonst muss ich Gerda bitten, auf die beiden aufzupassen."

„Nein! Sie können kommen. Sag ihnen, ich hole sie am Bahnhof ab."

„Also gut. Dann bis Freitag", waren ihre letzten Worte, bevor sie das Telefonat beendete.

Frank Reiser interessierte eigentlich gar nicht mehr, was seine Frau in Stuttgart oder sonst wo trieb. Aber sobald die Sprache auf Bertram Voss kam, war für ihn der Ofen aus. Er glaubte seiner Frau sogar, dass sie letztes Jahr in Mailand nur einen One-Night-Stand mit ihrem Chef gehabt hatte. Danach war aber nichts mehr wie vorher. Frank Reiser zog in Stuttgart aus, stoppte die Bauarbeiten an seinem Neubau im Wannenfeld und verkroch sich in seinem Elternhaus in Rindelbach. Zu sehr war sein Ego angeknackst. Mittlerweile hatte er sich wieder etwas gefangen. Der Anruf von Juliette hatte ihn aber an seine damalige Gefühlswelt erinnert.

Wenigstens verhielten sich seine beiden Töchter einigermaßen neutral. Sie hatten zwar sofort gemerkt, wohin die Reise ihrer Eltern gehen würde. Die ganze Tragweite hatten sie aber noch nicht realisiert. Da auch sie der Kleinstadt Ellwangen nicht viel oder – wie die beiden Töchter es für sich wahrscheinlich bewerteten – gar nichts abgewinnen konnten, war es für Sophie und Julia Reiser besser, in Stuttgart bei ihrer Mutter zu bleiben. Mit Blick auf deren schulische Möglichkeiten in einer Landeshauptstadt hatte Frank Reiser sich gegen diese Variante nicht lange sträuben können.

„Vielleicht ist es ja besser so?", fragte sich Frank Reiser das eine oder andere Mal.

Im Übrigen wusste er selbst momentan nicht so genau, wie es weitergehen könnte. Er hatte noch nicht zu Ende gedacht, was er nach dem Verkauf seines Elternhauses und seiner Baustelle machen wollte. Zurzeit führte er quasi ein Junggesellenleben, abseits jeder sozialen Kontrolle. Im Klartext hieß das, dass er machen konnte, was er wollte. Und das ohne finanzielle Sorgen.

„Aber was will ich eigentlich?", grübelte er.

Frank Reiser wusste es aber nicht. Obwohl ihm seine aktuelle Begleiterin, Rosemarie Hertel, diese Frage auch schon mehrfach gestellt hatte. Wenngleich Rosemarie die Frage aus einem ganz anderen Grund gestellt hatte. Sie wollte ganz einfach wissen, ob sie nur der momentane Zeitvertreib eines Autors in dessen Lebenskrise war oder ob sie eine echte Chance auf ein neues Leben zu zweit mit Frank Reiser hatte.

Denn Rosemarie Hertel war schon einmal mit Frank Reiser zusammen gewesen. Damals flogen alle Mädchen in Ellwangen auf die Reiser-Jungs. Und Rosemaries Favorit war immer schon Frank Reiser gewesen. Und da sie seit Ende 2009 nicht mehr liiert gewesen war, hatte sie die Gelegenheit beim Schopf ergriffen, sich Frank Reiser zu schnappen, als der vor ein paar Monaten auf die Schnelle Trost gut gebrauchen konnte.

7 Ellwangen (12. Juli 2010)

„Herr Zabert, schließen Sie bitte die Tür", sagte Polizeioberrat Karl Geiger, der Leiter der Polizeidienststelle Ellwangen zu Matthias Zabert.

„Meine Damen und Herren, ich darf Sie recht herzlich hier im großen Besprechungsraum der Ellwanger Polizei zu der kurzfristig angesetzten Pressekonferenz begrüßen. Ich denke, der aktuelle Anlass rechtfertigt jedoch diesen Termin. Das große Interesse Ihrerseits zeigt mir aber auch, dass ich mit meiner Einschätzung wohl auch ganz richtig liege", führte Karl Geiger aus.

Polizeioberkommissar Matthias Zabert verriegelte den einen Flügel der Eingangstür zum Besprechungsraum wieder fest und zog den anderen Flügel zu. Er selbst blieb an der Tür stehen. So konnte er eventuelle Nachzügler abfangen. Aber eigentlich waren die üblichen Teilnehmer zu solchen Anlässen bereits vollzählig vertreten.

Der große Besprechungsraum der Ellwanger Polizei war heute Morgen - kurz nach dem Fund der Leiche in Rindelbach – für eine Pressekonferenz vorbereitet worden. Für Matthias Zabert bedeutete das, dass er nicht planmäßig schichtfrei hatte, sondern erst nach der Pressekonferenz nach Hause fahren konnte. Die aktuelle Personalsituation im Revier Ellwangen gab das gerade nicht anders her.

Neben Polizeioberrat Geiger saßen an der Stirnseite des Raumes Dr. Gerald Schneider, der Vertreter der zuständigen Staatsanwaltschaft Ellwangen, Polizeidirektor Karsten Spitzer, der Vertreter der Polizeidirektion Aalen, der vorgesetzten Dienststelle von Geiger, sowie Kriminalrat Horst Schimmel von der Kriminalpolizei Aalen, welche die eigentlichen Ermittlungen durchführte. Als Hausherr hatte zunächst Polizeioberrat Karl Geiger das Wort ergriffen.

Die lokalen Medien waren um 13.00 Uhr vollzählig mit ihren Vertretern anwesend. Frank Reiser für die Ipf- und Jagst-Zeitung sowie Bernhard Brecht von der Schwäbischen Post deckten die beiden Ellwanger Tageszeitungen ab. Radio 7 und der Südwestfunk waren für das Radio mit je einem Team vor Ort. Für das Fernsehen des Südwestfunks und für RegioTV hatte jeweils ein Aufnahmeteam sein Equipment aufgebaut.

„Meine Damen und Herren, ich darf Ihnen zunächst die weitern Herren hier an meiner Seite vorstellen", fuhr Polizeioberrat Geiger fort und nannte jeweils Name und Funktion der Vorgestellten.

„Ich möchte Ihnen nun einen kurzen Überblick über die bisher bekannten Fakten geben. Zum derzeitigen Stand der Ermittlungen kann ich Ihnen aus ermittlungstaktischen Gründen wenig sagen. Ich bitte schon jetzt dafür um Ihr Verständnis. Gegen 06.00 Uhr wurde heute Morgen die Leiche des spanischstämmigen Deutschen Carlos Martinez aufgefunden. Der Fundort der Leiche liegt in der Nähe der Fußgängerbrücke über die Jagst im Teilort Rindelbach. Ob der Fundort auch der Tatort ist, können wir zum jetzigen Zeitpunkt noch nicht sagen. Die Spurensicherung hat den Fundort weiträumig abgesperrt und ist noch vor Ort. Nach ersten Erkenntnissen gehen wir von einem Gewaltverbrechen aus. Mehr kann ich auch dazu noch nicht sagen. Carlos Martinez, der Tote, das Opfer, wenn Sie so wollen, ist mit seinem Erstwohnsitz in Stuttgart gemeldet. Seine Angehörigen sind mittlerweile verständigt worden. Nach ersten Zeugenaussagen hat er sich in letzter Zeit jedoch in Ellwangen aufgehalten. Den Grund dafür kennen wir noch nicht. Er wurde gestern bei der Sportgaststätte Rindelbach gesehen. Er hat sich wohl dort das Endspiel der Fußballweltmeisterschaft angeschaut. Dabei soll er mit zwei holländischen Gästen aneinander geraten sein, die mit ihrem Wohnmobil die letzten beiden Tage auf dem Parkplatz neben der Sportgaststätte verbracht haben. Da die Holländer heute bereits in den frühen Morgenstunden abgereist sind, konnten sie bisher nicht als Zeugen befragt werden. Um es gleich zu sagen. Wir gehen nicht in erster Linie davon aus, dass die Niederlage der holländischen Fußballmannschaft ein Motiv für ein Tötungsdelikt darstellt. Wir wollen diese Möglichkeit aber erst ausschließen, wenn wir die Holländer vernommen haben. Insofern möchte ich die Ermittlungsrichtung nicht von vorne herein einengen. Die Leiche befindet sich momentan in der Aalener Pathologie. Das Ergebnis der Leichenschau erwarten wir nicht vor morgen Mittag. Soweit die Fakten. Gibt es dazu Fragen, meine Damen und Herren?", schloss Karl Geiger seine Ausführungen.

Gab es nicht. Zwanzig Minuten später konnte Polizeioberkommissar Zabert den Besprechungsraum wieder verschließen. Auf dem Flur wartete Frank Reiser auf ihn. Sie gingen in Zaberts Büro.

„Was machst Du heute noch, Zappa?"

„Ich gehe jetzt erst einmal nach Hause und lege mich hin. Die Schicht war ganz schön lang durch den Leichenfund und jetzt die Pressekonferenz."

„Hast Du heute Abend noch Lust auf ein Bier?"

„Frankie, vergiss es. Ich bin hundemüde. Morgen muss ich wieder fit sein. Da habe ich Tagschicht."

„Das trifft sich gut. Kannst Du mir den Obduktionsbericht besorgen?"

„Du meinst, bevor er in der Pressekonferenz morgen Mittag vorgestellt wird."

„Genau!"

„Ich glaube nicht, Frankie. Ich lass da lieber die Finger davon. Sonst bekomme ich noch Schwierigkeiten. Frag mich morgen Früh nochmals."

„Okay, ich schreibe jetzt meinen Artikel. Dann geh ich später noch ins Jackies und treffe mich mit Rosie.

Wenn Du noch Lust hast, komm hin. Ich bleibe bis um eins. Bis sie zumacht."

„Nein Frankie! Ich bin wirklich müde. Aber Du könntest mich jetzt nach Rattstadt hochfahren. Karo hat heute das Auto. Sie müsste mich sonst abholen."

„Okay, Zappa. Ich warte draußen."

Frank Reiser hatte das Polizeigebäude als letzter der Medienvertreter verlassen. Da er in Ellwangen bekannt war und die meisten Polizisten wussten, dass er und Matthias Zabert eng befreundet waren, nahm davon keiner groß Notiz. Frank Reiser hatte sein Auto schräg gegenüber auf dem Parkplatz vor dem Hotel Königin Olga abgestellt. Bis sein Freund Zappa herauskam konnte er noch in Ruhe seine Unterlagen sortieren und sich erste Gedanken über den Bericht machen, der am nächsten Tag in der Ipf- und Jagst-Zeitung erscheinen sollte.

Als die Beifahrertür satt ins Schloss gefallen war, startete Frank Reiser den Motor seines Mercedes-Benz. Er nahm den kürzesten Weg von der Karlstraße in Richtung Nordtangente. Vorbei an Varta, der Rotkreuz-Siedlung und der Wallfahrtskirche auf dem Schönenberg erreichte er zehn Minuten später die Einfahrt zum An-wesen von Matthias Zabert in der Kapellenstraße in Rattstadt, dem kleinen Dorf am Stadtrand von Ellwan-gen.

„Grüß Karo von mir", verabschiedete sich Frank Reiser von seinem Freund.

Fünf Minuten später betrat er seine Wohnung in Rindelbach. In seinem Postkasten fand er ein Schreiben des Maklers. Für das Elternhaus und die halbfertige Baustelle in Rindelbach gab es mittlerweile mehrere Interessenten. Um Terminvorschläge wurde gebeten.

Frank Reiser setzte sich ans Telefon und wählte die Nummer des Maklerbüros. Er wollte das so schnell wie möglich erledigen.

8 Hotel zur alten Post (15. Mai 2010)

„Bleiben Sie länger in Ellwangen, Herr Martinez?", erkundigte sich Hanna Weiß höflich.

Sie wollte einfach nur wissen, wie viele Belegtage sie in ihren Computer an der Rezeption des Hotels zur alten Post eintragen konnte.

„Erst einmal zwei Wochen. Danach sehe ich weiter", antwortete ihr Gast.

Seit März dieses Jahres arbeitete Hanna Weiß in der alten Post. Ein Jahr zuvor stand an dieser Stelle an der Ecke Karlstraße-Bahnhofstraße noch das Postgebäude von Ellwangen. Schräg gegenüber vom Bahnhof gelegen war die Bausubstanz aber schon seit längerer Zeit marode geworden. Die Deutsche Post wollte das Gebäude ohnehin im Rahmen ihrer Umstrukturierungspläne abstoßen, um einen lästigen Posten in der Bilanz loszuwerden. Das Postgebäude wurde daraufhin abgerissen. Nach dem Neubau der Polizeistation Ellwangen wurde mit dem Abriss der Post in der Karlstraße das nächste städtebauliche Glanzlicht bei der Modernisierung des Bahnhofsviertels umgesetzt. An der Stelle des Postgebäudes wurde ein modernes Ärztehaus hochgezogen. Und dort, wo vorher hinter dem Postgebäude der Parkplatz für Postkunden gewesen war, entstand eine Tiefgarage und darauf ein kleines Hotel. Zusätzlicher Anziehungspunkt war im Erdgeschoss des Hotelgebäudes ein kleiner Gastronomiebetrieb, die Kneipe „Jackie´s Bar and Lounge", von den meisten Ellwangern nur kurz Jackies genannt. Das Jackies war im Stil der Sechziger Jahre eingerichtet. Die Preise für Getränke und angebotene kleine Speisen waren moderat und der Geräuschpegel der Musik so eingestellt, dass man sich dabei noch gut unterhalten konnte. Insgesamt ein Ambiente, mit dem sich das Ellwanger Publikum mittleren Alters rasch angefreundet hatte. Für das benachbarte Journal und das Pfiff eine ernst zu nehmende Konkurrenz, für die Ellwanger Szene aber eine echte Bereicherung.

Carlos Martinez war heute der dritte neue Kunde bei Hanna Weiß gewesen. Das Hotel zur alten Post hatte insgesamt siebenundzwanzig Zimmer. Einundzwanzig davon waren jetzt belegt.

Carlos Martinez brachte seine Koffer auf das Zimmer mit der Nummer 39, das letzte Zimmer am Ende des Hotelflurs im dritten Stockwerk des Gebäudes. In Ruhe räumte er den Inhalt seines Gepäcks in den Schrank und in die Kommode neben dem Einzelbett. Erst danach fuhr er seinen Wagen in die Tiefgarage und parkte ihn auf einem der Stellplätze des Hotels. Mit dem Lift fuhr er wieder in den dritten Stock. Heute hatte er nichts groß mehr vor. Die Digitaluhr neben dem Telefon zeigte 19.15 Uhr an und draußen war es noch taghell. Auf dem Weg zur Rezeption hatte Carlos Martinez nebenan kurz durch die Glasfront von „Jackie´s Bar and Lounge" geschaut. Da er zu einer ersten Erkundung von Ellwangen heute keine Lust mehr verspürte, beschloss er, sich erst etwas hinzulegen und später dann noch auf einen Drink in die Bar zu gehen.

Um 22.30 Uhr betrat er „Jackie´s Bar and Lounge" und setzte sich auf einen der Barhocker am Tresen.

„Was kann ich Ihnen anbieten?", fragte Thea Dorn freundlich, die hinter dem Tresen stand.

„Was können Sie empfehlen, schöne Frau?", gab Carlos Martinez zurück.

„Das kommt darauf an, was Sie heute noch vorhaben."

„Was darf ich darunter verstehen, schöne Frau?"

„Ich meine, ob Sie heute noch mit Ihrem Auto fahren müssen, oder etwa nicht."

„Ach so, ich dachte schon, Sie meinen, ob ich heute noch eine schöne Frau verwöhnen werde oder nicht?"

„Nein, das habe ich natürlich nicht gemeint."

„Keine Ursache! Ich fahre heute nicht mehr mit dem Auto. Aber vielleicht verwöhne ich heute Nacht noch eine schöne Frau. Wer weiß das schon? Was können Sie mir da empfehlen?"

„Vielleicht einen Swimmingpool?"

„Mit einer hübschen Frau in einem Swimmingpool. Warmes Wasser umschmeichelt unsere Körper. Das ist ein schöner Vorschlag. Ich nehme ihn an!"

„Nein, ich meine einen Cocktail, der Swimmingpool heißt."

„Ach so, schöne Frau. Schade. Aber ich probiere Ihren – Swimmingpool?"

Zu Theas Glück konnte man nicht sehen, wie sich ihre Gesichtsfarbe spontan gerötet hatte. So direkt war sie schon lange nicht mehr angeflirtet worden. Und der Typ auf dem Barhocker sah unverschämt gut aus. Zumindest nach dem Geschmack von Thea Dorn. Vor allem die südländische Erscheinung und das glänzende, zu einem Pferdeschwanz gebundene schwarze Haar, war ihr gleich aufgefallen, als Carlos Martinez das Jackies betreten hatte.

„Ein Swimmingpool. Bitte sehr!"

„Was ist da drin. Verraten Sie mir Ihr Geheimnis?"

„Das ist kein Geheimnis. Zu einem Swimmingpool braucht man 4 cl Wodka, 2 cl Sahne, 12 cl Ananassaft und 2 cl Cream of Coconut. Und die blaue Farbe kommt vom Blue Curacao, den man nach Geschmack dosieren kann."

„Und wie ist Ihr Geschmack, schöne Frau?"

„Ich gebe 2 cl vom Blue Curacao dazu."

„Ich meine bei Männern. Oder mögen Sie lieber Frauen. Ich liebe Frauen! Schöne Frauen, wie Sie!"

Der rettende Ruf kam aus Richtung Küche.

„Ja, Frau Hertel", antwortete Thea Dorn, bewegte sich zu ihrer Chefin hinüber und verschwand in der Küche.

9 Bahnhof Ellwangen (16. Mai 2010)

Frank Reiser verabschiedete sich von seinen Töchtern auf dem Bahnsteig. Kurz sah er der Regionalbahn nach Stuttgart noch hinterher. Dann verließ er das Bahnhofsgebäude wieder. Seinen Mercedes-Benz hatte er auf einen der Taxiplätze abgestellt. Als er sich in sein Auto setzte, erkannte er das Knöllchen, das unter seinem Scheibenwischer eingeklemmt war.

„Scheibenkleister!", dachte Frank Reiser.

Wieder einmal hatte er bei der Wahl seines Parkplatzes Pech gehabt. Vor dem Ellwanger Bahnhof befanden sich sieben Taxiplätze. Frank Reiser hatte aber noch nie gleichzeitig mehr als drei Taxen dort stehen sehen. Immer wenn er zum Bahnhof musste, stellte er sich einfach auf einen dieser Taxiplätze. Bisher hatte das noch niemanden gestört. Bisher. Die Knöllchentruppe hatte ihn aber dieses Mal anscheinend erwischt. Zehn Euro. Das war ein teurer Parkplatz für Ellwangen. Frank Reiser legte das Knöllchen auf den Beifahrersitz. Er hörte die Mailbox seines Handys ab. Keine neuen Nachrichten. Sein Blick ging über den zentralen Busbahnhof zur gegenüber liegenden Seite der Bahnhofstraße. Im Ladenteil der BAG Raiffeisen war seit kurzer Zeit der Postshop untergebracht, das ehemalige Postgebäude durch einen ansehnlichen Neubau ersetzt. Nach Frank Reisers Ansicht passten das Hotel zur alten Post und das Ärztehaus gut zum Ensemble der Bahnhofstraße. Und wenn man den Neubau des Polizeigebäudes direkt nebenan in der einmündenden Karlstraße noch mit dazu nahm, konnte man sagen, dass Ellwangen aus städtebaulicher Sicht ein deutliches Plus gemacht hatte.

Was hatte sein Freund Zappa nicht ständig über das alte Polizeigebäude in der Apothekergasse gemosert. Enge Räume, schlechte Heizung, keine Abstellmöglichkeiten für Dienstfahrzeuge und so weiter. Der großzügige Neubau in der Karlstraße löste alle diese Schwierigkeiten mit einem Schlag. Matthias Zabert bekam Glanz in seine Augen, wenn er von den Funktionalitäten des neuen Dienstgebäudes schwärmte. Einziger Nachteil war vielleicht, dass das Gebäude der Ellwanger Staatsanwaltschaft nun nicht mehr in unmittelbarer Nähe der Polizei lag. In Zeiten moderner Kommunikationsmittel war das aber sicher kein großer Minuspunkt. Und über moderne Kommunikationsmittel verfügte nun auch die Ellwanger Polizei.

Vor dem Hotel zur alten Post parkte ein schwarzer Mercedes-Benz SLK. Mit Stuttgarter Kennzeichen, wie Frank Reiser bereits gestern aufgefallen war. Der Fahrer wohnte im Hotel. Frank Reiser hatte Carlos Martinez gestern kurz vor Schankschluss im Jackies noch am Tresen sitzen sehen. Beiläufig hatte er sich mit ihm unterhalten, als er sich bei Thea Dorn eine Apfelschorle geholt hatte.

Der Typ sah wie ein Spanier aus, sprach aber mit einem schwäbischen Akzent in verständlichem Deutsch. Zumindest wenn er getrunken hatte. Thea Dorn sagte nämlich, dass der Gast zunächst nur gebrochenes Deutsch mit spanischem Akzent gesprochen hätte. Thea Dorn servierte ihm im Verlauf des Abends mehrere Drinks und glaubte, dass dieser spanische Akzent nur eine Masche wäre. Dass diese „Masche" bei ihr gut ankam, hatte sie Frank Reiser jedoch nicht verraten.

Frank Reiser fuhr hinaus nach Rindelbach. Er hatte heute Abend nichts vor. Zuhause wollte er auf Rosemarie Hertel warten. Vor 02.00 Uhr war mit ihr aber nicht zu rechnen, da das Jackies, wie jeden Sonntag, bis 01.00 Uhr geöffnet hatte und Rosemarie Hertel als Chefin erst nach abgeschlossenem Kassensturz ihr Lokal verlassen konnte.

10 In der Jagst (12. Juli 2010)

Roland Richter wachte aus seiner Bewusstlosigkeit erst langsam auf. Noch verstand er nicht, was wirklich passiert war. Das einzige, was er ganz klar und eindeutig wusste, war, dass er klare und eindeutige Kopfschmerzen hatte.

Seine Erinnerung gab nicht viel her. Er konnte nur aufgrund seiner Beule auf der Stirn einen Schlag oder Stoß nachvollziehen. Wieso? Weshalb? Warum? Er hatte keine Ahnung. Zumindest momentan nicht.

Sein Rücken schmerzte zusätzlich zu seinem Kopf. Das lag hauptsächlich daran, dass er seinen Körper nicht ausstrecken konnte. Er war gefangen. Eingeschlossen in einem Kofferraum. Das hatte Roland Richter trotz der ihn umgebenden Dunkelheit in seiner beengten Situation rasch gemerkt.

Wie er in den Kofferraum gekommen war, wusste er auch nicht. Der Kofferraumdeckel enthielt einen verschlossenen Behälter für Bordwerkzeug. Er war also im Kofferraum eines Mercedes. Der Stern an dieser Werkzeugbox war deutlich ertastbar, da er leicht erhaben in dem Kunststoff ausgeführt war. Tasten war überhaupt momentan die einzige Möglichkeit, sich in dem dunklen Verlies zu orientieren.

Roland Richter kannte sich aus mit Autos. Seit zwanzig Jahren war er Berufskraftfahrer. Auf Lastkraftwagen. Meistens im Fernverkehr. Als gelernter Kraftfahrzeugmechaniker beschäftigte er sich mit allem, was Räder hatte. Vom Motorrad bis zum 38-Tonner. Diese Erfahrung half ihm aber jetzt nicht weiter.

Er tastete sich weiter im Innern des Kofferraums von Seite zu Seite. Er merkte, dass das Auto schräg stand. Ein Teil seiner Kopfschmerzen konnte auch davon herrühren, dass er die ganze Zeit über mit dem Kopf Hang abwärts gelegen hatte. Nur mit viel Mühe konnte er sich in dem engen Raum so umdrehen, dass sein Kopf nun wieder an der höchstgelegenen Stelle seines kleinen und stockdunklen Universums ankam.

Der Wagen musste ganz in unmittelbarer Nähe eines fließenden Gewässers stehen, da Roland Richter ganz deutlich ein lautes Rauschen hören konnte. Er verspürte auch die Kühle, die von dem Gewässer ausging. Es war Sommer. Selbst in der Nacht konnte es nicht so abkühlen. Also musste es von dem Wasser kommen. Obwohl Roland Richter gar nicht wusste, ob es momentan Tag oder Nacht war.

Er wollte es aber wissen! Er kramte in seiner Hosentasche. Als Raucher hatte er stets ein Feuerzeug dabei. Dachte er! Die Taschen waren leer. Er kramte in der Brusttasche seiner Jeansjacke. Wieder Fehlanzeige. Beim besten Willen konnte er auf dem Zifferblatt seiner unbeleuchteten Armbanduhr keine Uhrzeit ablesen.

Damit konnte Roland Richter auch nicht feststellen, wie lang er schon in dieser, für ihn beschissenen Lage, war. Er versuchte, sich zu erinnern. Er versuchte angestrengt, sich zu erinnern. Es half wenig. Das einzige deutliche Licht im dunklen Tunnel seines Gedächtnisses war Thea. Thea Dorn, seine Lebensgefährtin. Er sah sie vor seinem geistigen Auge. Wie sie hinter dem Tresen des Jackies steht. Wie sie ihm ein Bier zapft.

Warum dachte er jetzt an ein Bier? Richtig! Weil er Durst hatte. Roland Richter verspürte Durst. Aber noch erträglich. Keinen Hunger. Was sagte ihm das? Kein Hunger, ein bisschen Durst. Also hatte er seit etwa zwölf Stunden nichts mehr getrunken und gegessen. Aber wann haben die zwölf Stunden angefangen? Roland Richter wusste es nicht. Also wusste er nicht, ob er mit seiner Vermutung richtig lag. Also wusste er nicht, wie spät es ist. Also wusste er nichts. Fast nichts. Nur wie Thea ihm ein Bier zapft.

11 Ellwangen (20. Mai 2010)

Carlos Martinez hatte Gyrosplatte bestellt. Ein kleiner Rest des Tomatenreises lag noch neben dem Fleisch, als der Kellner abservierte. Carlos Martinez war längst satt. Ob ihm das Gyros geschmeckt hätte, wollte der freundliche Kellner von ihm wissen. Carlos Martinez bejahte. Ob er noch einen Ouzo trinken wolle, fragte der Kellner nach. Carlos Martinez bejahte erneut.

„Die Rechnung bitte!", sagte er zu dem Kellner, als der Anisschnaps gebracht wurde.

Der Wirt des Restaurants „Akropolis" kam persönlich mit dem Geldbeutel und dem Rechnungsbeleg zu Carlos Martinez an den Tisch.

Gegen 19.30 Uhr war Carlos Martinez im Hotel zur alten Post losgefahren, hatte seinen schwarzen Mercedes-Benz SLK auf dem Ellwanger Marktplatz abgestellt und war auf direktem Weg zu dem griechischen Restaurant „Akropolis" in die Spitalstraße gegangen. An diesem Donnerstagabend war wenig los im „Akropolis". Am vergangenen Wochenende war das Lokal zum Bersten gefüllt gewesen. Am „Katzentisch" direkt an der Eingangstür hatte Carlos Martinez gerade noch einen Sitzplatz bekommen. Das griechische Lokal in der Ellwanger Stadtmitte schien gut eingeführt und beliebt zu sein.

„Siebzehn Euro macht das genau", sagte Stavros Chalkidis, der Wirt.

„Stimmt so!", sagte Carlos Martinez, nachdem er dem Griechen einen Zwanzig-Euro-Schein hinüber geschoben hatte.

„Danke!", antwortete der Grieche und setzte ein breites Grinsen auf.

„Ihr Lokal läuft gut. Am Samstag habe nur noch da vorne einen Platz bekommen", sagte Carlos Martinez und zeigte dabei mit der ausgestreckten Hand in Richtung des Eingangs.

„Ja, ich kann mich nicht beklagen."

„Wissen Sie, ich gehe gerne griechisch essen, obwohl natürlich die spanische Küche die beste Küche ist."

„Nichts gegen die spanische Küche. Aber mit der griechischen Küche möchte ich sie nicht vergleichen."

„Ich kann das schon. Ich bin gelernter Koch. Ich verstehe was davon."

„Ja, spanisch Kochen ist sicherlich auch anspruchsvoll. Aber unsere griechische Küche ist doch sehr geschmackvoll und deshalb so beliebt. Auch hier in Deutschland. Das müssen Sie doch zugeben."

„Ja, das stimmt. Manchmal zu geschmackvoll. Die spanische Küche überzeugt da doch mehr durch den Eigengeschmack ihrer Zutaten."

„Das können Sie so nicht sagen. Aber lassen Sie uns nicht streiten. Trinken wir noch einen Ouzo. Georgios, bring zwei Ouzo!"

„Auf Ihr Lokal!"

„Auf die griechische und die spanische Küche!"

Carlos Martinez stellte sein leeres Glas auf das Tablett zurück und wischte sich mit der Serviette über seinen Mund.

„Ich träume schon seit Jahren von einem eigenen Lokal. In Ellwangen gibt es kein spanisches Lokal. Ich habe mich umgesehen. Ich bin mir aber nicht sicher."

„In Ellwangen gibt es viele schöne Lokale. Deutsche Küche, italienische Küche, asiatische Küche und natürlich mein Akropolis. Bis letztes Jahr gab es auch ein spanisches Lokal. Wurde aber von einem Einheimischen geführt. Musste wieder schließen. Vielleicht wollen die Ellwanger keine spanische Küche? Ich weiß es nicht."

„Ein Lokal ist natürlich immer ein Risiko. Die finanzielle Seite darf man nicht unterschätzen. Und das Essen muss gut sein. Und der Preis muss stimmen. Aber ich bin manchmal zu ängstlich. Wenn ich mir vorstelle, ich baue ein Lokal auf und dann passiert etwas."

„Was soll denn passieren? Wissen Sie, ich denke immer positiv."

„Ich normaler Weise auch. Aber in Stuttgart. Eines Nachts hat es in einem griechischen Restaurant gebrannt. Nur ein bisschen. Aber trotzdem musste das Lokal für die Renovierung zwei Wochen geschlossen werden. Und man kann sich nicht dagegen schützen. Die Leute bleiben einfach weg."

„Meinem Vetter Spiros ist in Stuttgart so eine ähnliche Geschichte passiert. Wie hieß denn das Lokal, von dem Sie sprechen?"

„Athena."

„So heißt auch das Lokal von Spiros. Sie kennen Spiros? Sie kennen sein Lokal?"

„Ja. Ich bin da ein paar Mal gewesen. Schlimme Geschichte. Und man kann sich nicht dagegen schützen. In Ellwangen kann so etwas natürlich nicht passieren."

„Was meinen Sie damit?"

„Ich meine, dass ein Lokal plötzlich ein bisschen brennt. Nur ein klein bisschen Feuer. Kein großes Feuer. Nur ein kleines Feuer."

„Ich weiß nicht, was Sie meinen."

„Ich muss auch jetzt los. Und nichts für ungut. Die griechische Küche ist wirklich gut", sagte Carlos Martinez, stand auf und ging aus dem Lokal.

Stavros Chalkidis wusste mehr als er seinem Gast gegenüber zugeben wollte. Natürlich hatte ihm sein Vetter Spiros die ganze Geschichte erzählt. Dass er sich geweigert hatte, für den Schutz seines Lokals zu bezahlen. Dass er mehrfach bedroht wurde. Dass er sich danach immer noch geweigert hatte, für die Sicherheit seines Lokals zu bezahlen. Dass seine Tochter Helena zwei Tage verschwunden war. Dass er nicht wusste, was mit ihr in den zwei Tagen passiert war. Dass das Lokal nachts gebrannt hatte. Dass die Polizei Brandstiftung als Ursache vermutete. Dass Spiros jetzt brav einen Teil seiner Einnahmen ablieferte. Dass es seither keinerlei Störungen mehr im Athena gegeben hatte. Das alles hatte ihm sein Vetter Spiros erzählt.

Stavros Chalkidis hatte nie damit gerechnet, dass er in einer beschaulichen Kleinstadt wie Ellwangen um seine Sicherheit fürchten müsste. Diese Beschaulichkeit war auch ein Argument gewesen, ausgerechnet in Ellwangen ein griechisches Lokal zu eröffnen. Nun war es mit der Beschaulichkeit vielleicht vorbei.

Oder hatte er sich das jetzt nur eingebildet? Weil der Gast Spiros kannte? Weil ihm die ganze Geschichte so bekannt vorkam? War seine Angst am Ende gar unbegründet? Hat er sich von Spiros anstecken lassen. Stavros wusste es nicht. Er ging zurück hinter den Tresen. Am nächsten Vormittag wollte er mit Spiros über die Geschichte sprechen. Oder besser doch nicht?

Die Eingangstür zum „Akropolis" wurde plötzlich schwungvoll aufgerissen. Sechs Jugendliche kamen herein und strebten dem großen Tisch in der hinteren Ecke des Lokals zu. Georgios, der Kellner, ergriff sofort einen Stapel Speisekarten und folgte ihnen in kurzem Abstand.

Bevor Stavros Chalkidis noch länger über die Sache nachdenken konnte, war er schon mit dem Einschenken der Getränke beschäftigt. Die Geschichte lies ihm aber den ganzen Abend lang keine Ruhe. Er musste morgen unbedingt seinen Vetter Spiros in Stuttgart anrufen.

12 Stadtcafe Ellwangen (23. Mai 2010)

Frank Reiser hielt die Eingangstür zum Stadtcafe fest und lies Ellen Steiger den Vortritt. Bevor er nach einem freien Sitzplatz Ausschau hielt, wandte er sich erst der Kuchentheke zu, um im Vorbeigehen ein Stück Torte zu ordern.

„Hallo Frank, was darf es heute für Dich sein?", fragte die Frau des Besitzers mit freundlichem Ton.

Frank Reiser und Ellen Steiger waren seit Jahren Stammkunden im Stadtcafe und mit dem Besitzerehepaar auch privat gut bekannt.

„Ellen, was möchtest Du?", lies Frank Reiser seiner Begleitung abermals den Vortritt.

„Ich nehme ein Stück von der Käsesahne", gab Ellen Steiger ihre Bestellung ab.

„Und für mich ein Stück von der Cappuccinotorte", legte Frank Reiser nach.

Mit den beiden Bons für die bestellten Tortenstücke in der Hand ging Frank Reiser zielstrebig durch das Cafe. Hinten rechts war der Tisch noch frei, den Frank Reiser haben wollte. Ellen Steiger und er nahmen Platz. Sogleich kam die Bedienung angerauscht und fragte freundlich nach den Getränkewünschen. Ein paar Minuten später kam sie mit zwei Tassen Kaffee und den beiden ausgewählten Tortenstücken wieder.

„Wie lange soll das mit Dir und der tätowierten Schlampe noch so weiter gehen, Frank?", kam Ellen Steiger direkt auf den Punkt.

„Warum bist Du denn so hässlich zu Rosemarie? Sie hat Dir doch nichts getan. Oder zahlt sie ihre Miete nicht pünktlich? Das musst Du mir dann einfach sagen", antwortete Frank Reiser mit beschwichtigendem Unterton in seiner sanften Stimme.

„Du weißt genau, was sie mir getan hat. Sie hat Dich mir gestohlen."

„Ellen, das stimmt doch gar nicht. Ich habe Dir nie gehört. Also kann sie mich auch nicht gestohlen haben."

„Aber Du weißt doch, wie sehr ich Dich liebe. Das kannst Du doch nicht wegschmeißen, oder?"

„Ellen. Noch mal. Ich kann auch nichts wegschmeißen, was mir nicht gehört."

„Frank, wenn ich das gewusst hätte, hätte ich ihr das Lokal nie verpachtet."

„Ellen, Du kannst ja richtig giftig werden. Liegt das vielleicht daran, dass Du nicht das bekommen hast, was Du Dir gewünscht hast?"

„Frank, was findest Du an der blöden Kuh eigentlich? Was hat sie, was ich nicht habe?"

„Vielleicht würde sie eine andere Frau nie als tätowierte Schlampe oder blöde Kuh bezeichnen. Vielleicht ist es das?"

„Entschuldige bitte, Frank. Wenn ich nur an sie denke, könnte ich ausrasten. Und ausgerechnet der verpachte ich das Jackies."

„Ellen, beruhige Dich!"

„Frank, denk doch an unsere schönen Stunden in Stuttgart. War das nicht schön für Dich?"

„Doch. Aber seit damals ist viel Zeit vergangen. Ich habe Juliette geheiratet. Ich bin zweifacher Vater von Töchtern."

„Ja. Juliette. Die hat mir jetzt gerade noch gefehlt. Und wegen der Tussi hast Du mich verlassen."

„Ellen, sei nicht ungerecht. Du hast mich verlassen. Hast Du das schon vergessen?"

„Ich habe Dich doch nicht verlassen. Wir haben eine Pause gemacht. Ich habe diese Pause gebraucht damals."

„Ellen, verdreh doch nicht die Tatsachen! Du hast mich abserviert, bist mit diesem stinkreichen Typen herumgezogen und ich war mehrere Monate völlig abgemeldet bei Dir."

„Das ist doch alles Schnee von gestern. Ich bin wieder frei. Du bist wieder frei. Das passt doch. So eine Chance gibt es doch kein zweites Mal im Leben. Frank, denk doch mal nach! Wir zwei! Was wir alles zusammen unternehmen könnten."

„Ellen, ich will Dir nicht wehtun, aber für eine Beziehung mit Dir habe ich momentan echt keine Nerven."

„Was heißt denn hier Nerven? Denk doch nicht immer nur an Dich. Wie ich mich fühlen könnte, hast Du überhaupt noch nicht erwähnt. Frank, bitte!"

„Ellen, lass mir Zeit. Erst muss ich mein Haus in der Schönauer Straße und meinen Rohbau im Wannenfeld verkauft haben. Damit hätte ich wenigstens meine Rindelbacher Baustellen erledigt. Ende des Jahres kommt dann die Scheidung von Juliette. Dazu kommt noch mein neues Buchprojekt. Und ab Januar will mich der Verlag auch wieder in Stuttgart sehen. Schließlich habe ich mir nur eine Auszeit einräumen lassen, um meinen privaten Kram zu regeln. Ab Januar ist dort Schluss mit lustig. Da wollen die wieder Ergebnisse sehen. Und nach Ergebnissen sieht es zurzeit gar nicht aus."

„Das ist ja prima. Ich kaufe Dir beide Immobilien ab. Dann hast Du den Kopf frei für mich. Und bei Deiner Scheidung hilft Dir meine Kanzlei. Lass mich nur machen. Das regle ich für Dich. Das mache ich gerne für meinen Schatz."

„Genau! Und da ist Dein Denkfehler. Ich bin nicht Dein Schatz. Ich bin mit Rosemarie zusammen. Es läuft zwar gerade nicht wie ein Länderspiel zwischen uns. Aber wir haben beide ja auch viel um die Ohren. Ich mit meinem Kram und sie mit dem Jackies. Deine Pachtzinsen sind ja auch nicht von schlechten Eltern. Die muss sie erst einmal verdienen. Und sie möchte ja auch davon leben können und nicht von mir abhängig sein. Ich hätte zwar nichts dagegen, aber Rosemarie."

„Jetzt hör aber auf. Die Pacht ist angemessen. Und ich bin nicht von der Sozialhilfe. Das Jackies ist eine Goldgrube. Alles neu eingerichtet. Die soll sich nicht so anstellen. Wenn ihr das zuviel ist, kann sie jederzeit aus dem Vertrag aussteigen. Ich finde jederzeit einen neuen Pächter. Erst gestern habe ich mit einem Spanier aus Stuttgart gesprochen, der hier in Ellwangen eine Tapas-Bar aufmachen möchte. Er wohnt momentan in meinem Hotel und ist auf der Suche nach geeigneten Räumlichkeiten für sein Projekt. Das Jackies würde ihm zusagen. Mein Preis im Übrigen auch."

„Ach, Du bist ja nett! Hast einen Vertrag mit Rosemarie und suchst schon nach einem neuen Pächter."

„Ich habe nicht gesagt, dass ich suche. Er hat mich angesprochen. Wir haben uns nur über die Gastronomie in Ellwangen unterhalten. Er kommt aus Stuttgart. Er ist gelernter Koch. Er möchte sich in Ellwangen niederlassen, da ihm die Konkurrenz für ein solches Unternehmen in Stuttgart wohl zu groß erscheint. Das Jackies wäre dafür ideal. Meint er. Ist übrigens ein ganz netter Typ. Nicht so störrisch wie Du. Er hält meine Pacht für angemessen. Sobald er die Finanzierung gesichert hat, will er sich mit mir zusammensetzen."

„Ellen, ich warne Dich. Wenn das ein Rachefeldzug gegen Rosemarie werden soll, dann lass besser die Finger davon. Mich bist Du dann ganz los."

„Bin ich das nicht schon? Oder machst Du mir gerade Hoffnungen? Sag schon, Frank!"

„Zahlen, bitte!", sagte Frank zu der Bedienung und griff nach seinem Portemonnaie.

„Ich muss jetzt los, Ellen. Ich melde mich bei Dir. Und lass bitte Rosemarie in Ruhe. Bitte!"

Ellen Steiger blieb noch ein paar Minuten im Stadtcafe sitzen. Sie wurde aus Frank Reiser einfach nicht schlau. Und sie war heute auch keinen Deut schlauer geworden.

13 In der Jagst (12. Juli 2010)

Mühsam versuchte Roland Richter den Teppichbelag vom Boden des Kofferraums abzureißen. Er hatte zu wenig Bewegungsspielraum, um seine Körperkraft richtig einzusetzen. Er wollte den Boden des Kofferraums öffnen, da er darunter an den Wagenheber herankommen wollte, um vielleicht so den Kofferraumdeckel aufzuhebeln. Ein kleiner Teil des Teppichs hing schon in Fetzen. Die darunter liegende Holzplatte war aber noch nicht greifbar.

Immer wieder horchte Roland Richter. Einmal hatte er das Geräusch eines Traktors wahrgenommen. Es hörte sich so an, als ob ein Traktor mit einem Anhänger ganz in seiner Nähe durch Schlaglöcher fahren würde. Er dachte, er könne den klappernden Aufbau eines Ladewagens heraushören. Er wusste nicht, wo er war. Es könnte aber in der Nähe eines Wirtschaftsweges sein. Der aber nur schwach frequentiert wurde.

In seinem Kopf versuchte Roland Richter die Fakten zu sortieren, die er hatte. Rauschendes Wasser. Laut. Das konnte nur die Jagst sein. Er befand sich also ganz nahe an der Jagst. Er hörte kaum Verkehrslärm. Also führte keine stark befahrene Straße entlang. In seinen Gedanken konnte er damit einige große Abschnitte des Jagsttals ausschließen. Ein Wirtschaftsweg war in der Nähe. Heute bisher wenig befahren. Er kannte einige Stellen entlang der Jagst, die man so charakterisieren konnte. All das brachte ihn aber nicht weiter.

Er war gefangen in einem Auto. Im Kofferraum eines Mercedes. Soviel wusste er. Es war ein relativ kleiner Kofferraum. Damit schieden die S-Klasse und die E-Klasse von Mercedes-Benz für Roland Richter aus. Vielleicht eine C-Klasse? Die Größe würde passen.

Aber warum war Roland Richter überhaupt eingesperrt? Roland Richter wusste es nicht. Zumindest
wusste er es momentan nicht. Er dachte nach.

„Thea Dorn zapfte ein Bier für ihn", wiederholte
sich ein Gedanke in seinem Kopf.

Die Erinnerung wurde langsam wieder klarer. Seit
vier Jahren war er mit Thea Dorn zusammen. Sie wohn-
ten aber nicht in einer gemeinsamen Wohnung. Als
Fernfahrer war Roland Richter viel unterwegs. Die Beziehung zu Thea war deshalb nicht sehr intensiv. Nach
ihrer Scheidung hatte Thea Dorn aber auch kein Be-
dürfnis nach einer neuen intensiven Beziehung. Als
Alleinerziehende musste sie in erster Linie den Unterhalt
für sich und ihre mittlerweile zwölfjährige Tochter
Magdalena aufbringen. Nach verschiedenen Putzstellen
war sie momentan auf die Einnahmen angewiesen, die
sie als Thekenkraft im Jackies verdiente. Da „Herr
Dorn" keinen Unterhalt für sie - und manchmal auch
nicht für Magdalena - zahlte, konnte sie sich keine großen Sprünge erlauben. Das Geld aus dem Verkauf des
gemeinsamen Hauses deckte nach der Scheidung gerade
die noch offenen Schulden ab. Als zu Beginn des Jahres
das Hotel zur alten Post fertig gestellt und das Jackies
eröffnet worden war, hatte sie einmal in ihrem Leben
riesiges Glück gehabt. Über den Kontakt von Frank
Reiser zu Ellen Steiger, der Besitzerin der alten Post,
bekam Thea Dorn nicht nur den relativ gut bezahlten
Thekenjob im Jackies, sondern auch eine Halbtagsstelle
als Zimmermädchen im Hotel. Und Frank Reiser war
wiederum der Bruder von Roland Richters
Motorradkumpel Thomas Reiser.

Jetzt fiel es Roland Richter wieder ein.

„Ich bin selbst schuld!", dachte er.

Er selbst hatte seiner Freundin Thea Dorn den Job
als Zimmermädchen im Hotel zur alten Post besorgt.
Langsam wurde seine Erinnerung wieder klarer.

14 Hotel zur alten Post (3. Juni 2010)

Die Federung der Matratze in Zimmer 39 musste Höchstleistungen vollbringen. Genau wie Carlos Martinez. Seit knapp zwei Stunden war er mit Ellen Steiger zu Gange. Momentan lag er auf dem Rücken und Ellen Steiger saß rittlings auf ihm. Er hatte seine Bauchmuskeln angespannt und seinen Oberkörper leicht aufgerichtet. Mit beiden Händen umfasste er die Hüfte seiner Partnerin und verhinderte so, dass sie sich von ihm lösen konnte. Was Ellen Steiger aber gar nicht vorhatte. In vollen Zügen genoss sie es, von einem jungen, heißblütigen Südländer geliebt zu werden.

Mit gespitzten Lippen schnappte Carlos Martinez nach ihren Brustwarzen, wenn Ellens Brüste vor seinem Gesicht vorbei wippten. Der Schweiß lies ihren Körper glänzen. Ab und zu leckte Carlos Martinez die salzigen Tropfen von ihrer Nasenspitze. Endlich kam sie und rollte sich von ihm runter. Den Schwung ausnutzend, hüpfte sie gleich aus dem Bett in Richtung Badezimmer.

Etwas überrascht sah Carlos Martinez hinterher, als Ellen Steiger im Bad verschwand. Sofort ging die Dusche an. Carlos Martinez verließ nun ebenfalls das zerwühlte Bett und drückte die Klinke der Badezimmertür. Die Tür war abgeschlossen.

„Baby, darf ich Dir den Rücken einseifen?", hauchte Carlos Martinez durch die Tür und gegen das leise Rauschen der Dusche.

Keine Reaktion.

Nach ein paar Minuten ging im Badezimmer der Fön an. Die Tür öffnete sich.

„Baby, musst Du wirklich schon los?"

„Ja, Baby Ellen muss wirklich schon los. Ich habe einen Geschäftstermin."

„Kannst Du den nicht verschieben. Ich habe noch nicht genug bekommen von Dir. Du bist von mir heruntergestiegen, bevor ich kommen konnte. Das ist nicht gesund."

„Pech, Carlos! Ich bin gekommen. Und jetzt gehe ich. Lass mich vorbei!"

„Baby, war es denn nicht schön für Dich? Lass mich doch nicht so zurück."

„Carlos, sei ein braver Junge! Vielleicht als kleines Trostpflaster für Dein Ego. Du warst nicht schlecht. Normaler Weise komme ich nicht dreimal hintereinander. Kompliment, Carlos."

„Sehen wir uns wieder Baby?"

„Carlos, ich muss los. Der Geschäftstermin kann nicht warten. Ich sehe mal in meinem Terminkalender nach, wann Du wieder dran bist."

„Was heißt denn, wieder dran bist?"

„Lieber Carlos. Du bist zwar eine kleine Wucht im Bett, aber Baby Ellen bestimmt, wann Du sie wieder vögeln darfst. Hast Du das verstanden, mein kleiner Torero? Und jetzt lass mich vorbei!"

So hatte sich Carlos Martinez den Ausgang des heutigen Nachmittags nicht vorgestellt. Seit mehreren Tagen hatte er sich mit Ellen Steiger im Jackies getroffen. Durch Zufall hatte er erfahren, wer Ellen Steiger war. Ihr gehörten nicht nur das Hotel zur alten Post, sondern auch mehrere andere Hochwertimmobilien in und um Ellwangen. Sie war die Tochter von Ewald Steiger. Dieser hatte nach dem Krieg eine Anwaltskanzlei in Ellwangen aufgebaut und nebenher mit Immobiliengeschäften gutes Geld verdient. Es hieß, er ließ sich von zahlungsunfähigen Mandanten als Honorar auch schon mal ein Grundstück überschreiben. 1997 war er beim Absturz seines Privatflugzeuges zusammen mit seiner zweiten Frau ums Leben gekommen. Seine beiden Kinder aus erster Ehe, Sohn Kurt und Tochter Ellen, erbten den Großteil des Vermögens. Die beiden kleinen Kinder aus der zweiten Ehe wurden aufgrund einer

Klausel im Ehevertrag mit großen Geldsummen abgefunden. So blieb der Immobilienbesitz in der Hand von Kurt und Ellen Steiger. Beide hatten Jura studiert und konnten auch die Kanzlei ihres Vaters übernehmen.

Ewald Steiger war kommunalpolitisch stark engagiert und für die Christlich Demokratische Union lange Jahre im Stadtrat von Ellwangen gewesen, einige Jahre zusätzlich als Kreisrat des Ostalbkreises aktiv. Kurt und Ellen wollten ihren Vater auch hier beerben, was jedoch bei Ellen gründlich in die Hose ging. Die CDU nominierte sie zwar nach dem Tod des Vaters zusammen mit ihrem Bruder aussichtsreich für den Stadtrat. Sie wurde auch zur damals jüngsten Stadträtin gewählt, musste aber schnell erkennen, dass Politik anders funktioniert, als ihr bisheriges Leben, nämlich mit Kompromissen. Aus Protest verließ sie die CDU, heuerte bei der Ellwanger Frauenliste an, aber auch dort hatte man rasch von der verwöhnten Möchtegernpolitikerin die Schnauze voll. Im Streit musste sie auch aus der EFL austreten.

Auch im Privatleben musste Ellen Steiger ihrer Erziehung Tribut zollen. Erste Liebesbeziehungen - oder was sie dafür hielt - gingen nacheinander in die Brüche. Einer dieser Ex-Liebhaber war Frank Reiser gewesen. Die Reiser-Brüder waren in der Ellwanger Damenwelt heiß begehrt. Also wollte auch Ellen Steiger einen davon abhaben. Da sie aber drei Jahre älter als Frank Reiser war, passte das bald schon auch nicht mehr.

Ellen Steiger war einmal verheiratet. Ihr Exmann liebte aber nur ihr Geld, weshalb er nach nur fünf Ehejahren mit einer satten Abfindung in die Wüste geschickt wurde.

Die meisten dieser Informationen hatte Carlos Martinez von Thea Dorn erhalten. Im Bett war sie unheimlich gesprächig. Schon nach fünf Abenden im Jackies hatte er sie herum gekriegt. Mit ihrem Typen lief es offensichtlich nicht so gut. Und im Bett musste dieser

„Rollo" auch kein großer Bringer sein. Zumindest kam das bei Carlos Martinez so an. Zweckmäßiger Weise war Thea Dorn nicht nur an der Theke des Jackies beschäftigt, sondern auch stundenweise Zimmermädchen in der alten Post. Immer wenn sie sein Zimmer machte, nutzte Carlos Martinez diese Gelegenheit, um sie durchzuvögeln, was sie anscheinend sehr genoss. Seit er von ihrer Tochter wusste, steckte er Thea ab und zu kleine Geschenke oder einen kleinen Geldbetrag für Magdalena zu, was ihm zusätzliche Pluspunkte bei Thea Dorn einbrachte.

Carlos Martinez wählte die Nummer der Nordin Inkasso, um seinen täglichen Report auf diesem Wege abzuliefern. Er hatte nur ein paar Wochen Zeit für Ellwangen bekommen. Dann wollte Ture Schäffler Ergebnisse haben.

„Lohnt Ellwangen den Einsatz oder war die Stadt zu klein für eine lukrative Dependance der Nordin Inkasso?", das waren für Ture Schäffler die entscheidenden Prüffragen.

Carlos Martinez hatte mittlerweile noch andere Ideen im Kopf, die er zum jetzigen Zeitpunkt noch keiner Person offenbaren durfte.

Nach seinem Kontrollanruf wählte er als nächstes die Telefonnummer seiner Mutter in Stuttgart.

„Carlos, mein Liebling, wie geht es Dir? Wann kommst Du wieder nach Hause?", überfiel sie ihn gleich mit ihren Fragen.

„Mama, es geht mir gut. Ich habe noch zu tun. Vielleicht komme ich am Sonntag kurz bei Euch vorbei?", antwortete er, wie ein braver Sohn das tun musste.

„Was machst Du denn so lange in Ellwangen, mein Carlos?", fügte sie gleich die nächste Frage an.

„Treibst Du Dich immer noch mit diesen finsteren Menschen herum? Halte Dich fern von ihnen. Die bringen Dir nur Unglück."

„Nein, nein, Mama, ich bin alleine in Ellwangen. Hier ist es schön. Vielleicht kann ich mir hier eine eigene Existenz aufbauen. Ich suche gerade nach einem geeigneten Lokal, um meine eigene Tapas-Bar aufzumachen."

„Oh, eine Tapas-Bar. Carlos, wirst Du endlich vernünftig? Du bist ein guter Koch. Ich habe nie verstanden, warum Du Dich mit diesen Typen herumtreibst, anstatt wieder ein Lokal zu führen. Deine Tapas sind doch so gut. Deine Gäste werden sie lieben."

„Mama, hör zu. Ich habe noch kein Lokal eröffnet. Soweit ist es noch nicht. Das ist noch ein steiniger Weg."

„Dein Vater wird sich freuen, wenn ich ihm das erzähle. Er wollte immer, dass Du entweder beim Daimler arbeitest, so wie er, oder aus Deinem Beruf als Koch etwas Eigenes machst."

„Mama, sag bitte Papa nichts davon. Wenn es soweit ist, will ich ihn damit überraschen."

„Carlos, mein Liebling. Eine Überraschung für Papa. Da wird er sich aber freuen. Ja, ich sage ihm heute nichts davon. Eine Überraschung!"

„Mama, ich muss jetzt Schluss machen."

„Carlos, mein Liebling. Warst Du denn heute in der heiligen Messe? Heute ist doch Fronleichnam."

„Ja, Mama. Ich war in der Basilika. Und bei der Prozession", log Carlos Martinez.

„Die Basilika ist sicher sehr groß und schön. Du musst sie mir zeigen, wenn wir Dich in Deinem Lokal besuchen. Versprich mir das!"

„Versprochen! Jetzt muss ich aber auflegen."

Mit seiner Mutter sprach Carlos Martinez immer in spanischer Sprache, auch wenn er sonst eher mit seinem Schwäbisch auffiel. Denn dieser Dialekt passte gar nicht zu seinem Äußeren. Er sah wie ein typischer Spanier aus. Schwarze, lange Haare, brauner Teint, stattliche schlanke Figur und immer gepflegt und gut gekleidet. Im dunklen Anzug machte Carlos vor allem auf seine weibliche Umgebung Eindruck.

Carlos Martinez hatte große Pläne gehabt. Gehabt! Seine Eltern stammten aus Spanien. Der größte Teil seiner Verwandtschaft wohnte noch in der Nähe von Sevilla. Seit vielen Jahren lebten seine Eltern bereits in Stuttgart, da Vater Martinez „beim Daimler schaffte", wie er zu sagen pflegte. Carlos wurde bereits in Stuttgart geboren und wuchs dreisprachig auf. Zuhause sprachen alle spanisch. In der Schule wurde deutsch und auf der Straße schwäbisch gesprochen. Zu mehr als Hauptschule reichte es trotz dieser Sprachkenntnisse bei Carlos Martinez nicht. Er lernte den Beruf des Kochs in der Kantine des Daimler-Werkes. Nach der Kochlehre arbeitete er in verschiedenen Restaurants außerhalb der Werksgelände mit dem Stern. Irgendwann fasste er den folgenschweren Entschluss, ein Lokal eröffnen zu wollen. Es lief zunächst ganz ordentlich. Bis er nach einer mehrwöchigen Krankheitsphase mit den Pachtzinsen für sein Lokal schwer in Rückstand geriet. Seine Schulden summierten sich plötzlich rasend schnell. Genauso schnell verlor er seine Kreditwürdigkeit bei seiner Hausbank. In dieser Notlage landete er am Schreibtisch von Ture Schäffler und dessen Nordin Inkasso. Vom Regen in die Traufe gespült, musste er schließlich sein Lokal ganz abgeben und seine Schulden bei Ture Schäffler nun abarbeiten. Eigentlich war er zum Geldeintreiber nicht geeignet. Aber durch die regelmäßigen Besuche in der Stuttgarter Gastronomie hatte er rasch gelernt, wie der Hase lief. Und er sah regelmäßig, was passierte, wenn der Hase nicht so lief, wie Ture Schäffler das wollte. Und Carlos Martinez war im Grunde genommen auch nur ein kleiner Hase mit einem kleinen Hasenherz.

15 Ellwangen (10. Juni 2010)

„Was oder Wer bin ich eigentlich für Dich?", fragte Rosemarie Hertel, als sie mit ihrem Kopf auf der Brust von Frank Reiser lag und zur Decke ihres Schlafzimmers hochsah.

„Rosie, Was meinst Du damit?"

„Ja, wie ich es gesagt habe. Was oder Wer bin ich eigentlich für Dich?"

„Rosie, Was meinst Du damit?"

„Warum sind wir zusammen, Frankie?"

„Weil wir beide das wollen? Ich weiß nicht, worauf Du hinaus willst."

„Frankie, denk doch mal nach. Du bist noch verheiratet. Okay, zum Jahresende wahrscheinlich geschieden. Du hast zwei Töchter, die Du sehr liebst. Aber sie leben in Stuttgart bei ihrer Mutter. Du bist dabei, Dein Elternhaus zu verkaufen. Und Dein neues Zuhause im Wannenfeld. Was passiert, wenn Du das alles erledigt hast? Was wird dann aus mir? Aus uns? Frankie, sage es mir!"

„Darüber habe ich mir noch keine Gedanken gemacht. Wahrscheinlich werde ich meinen Nebenjob bei der Ipf- und Jagst-Zeitung aufgeben und wieder ausschließlich für den Verlag in Stuttgart arbeiten. Ich muss noch ein Buchprojekt abliefern. Alles Weitere ist noch offen. Wie kommst Du darauf, Schatz?"

„Frankie, brauchst Du mich dann überhaupt noch?"

„Was ist das denn für eine blöde Frage? Ja, ich brauche Dich und das weißt Du eigentlich ganz genau."

„Ja, eigentlich. Aber ich weiß es nicht wirklich. Du weißt, ich kann die nächsten Jahre hier nicht weg. Mein Vertrag mit Ellen Steiger läuft noch mindestens bis Ende 2011. Du kennst sie. Wenn die nicht will, lässt die mich erst an Silvester 2011 aus dem Vertrag raus und keinen Tag früher. Das heißt, Du bist in Stuttgart und ich arbeite hier im Jackies. Am Wochenende. An jedem Wochenende!"

„Mach Dir doch darüber keine Sorgen. Das ist alles noch weit weg. Das wird sich schon einpendeln."

„Einpendeln? Was soll sich denn da einpendeln, Frankie?"

„Ich fahre, so oft ich kann, zu Dir nach Ellwangen und Du kommst unter der Woche an Deinem freien Tag zu mir nach Stuttgart. Das könnte das Einpendeln sein. Schatz, mach Dir doch darüber jetzt keine Gedanken. Der Tag hat doch gerade erst so schön angefangen. Ausschlafen. Ein schönes Frühstück im Bett. Ein besonderes Frühstück."

„Ja, Frankie, das meine ich. Du genießt die Zeit mit mir. Du genießt den Sex mit mir. Aber was bleibt für mich, wenn Du wieder nach Stuttgart musst?"

„Aber Du genießt den Sex doch auch? Oder nicht? Tu doch bitte jetzt nicht so, als ob ich genieße und Du hast nichts davon."

„Das sage ich ja auch nicht. Ich genieße es doch auch. Aber was bleibt für mich?"

„Was hast Du denn Schatz?"

„Nichts! Es beschäftigt mich halt ständig."

„Mach Dir doch keine Sorgen. Heute ist heute. Und was dann kommt, werden wir dann schon sehen."

„Frankie, liebst Du Juliette noch?"

„Was soll denn die Frage jetzt heißen?"

„Siehst Du, Frankie. Das meine ich. Du hast nicht Nein gesagt."

„Rosie, beruhige Dich! Das spielt doch jetzt gar keine Rolle. Juliette und ich haben uns getrennt. Die Scheidung läuft. Das spielt doch zwischen uns gar keine Rolle. Juliette ist doch Vergangenheit. Du bist Gegenwart."

„Bin ich auch Zukunft? Sag es mir, Frankie!"

„Wie bist Du denn heute drauf? Ich dachte eigentlich bisher, dass das ein schöner Tagesbeginn ist."

„Ich muss meine Meinung langsam ändern, glaube ich."

„Frankie, Du weichst mir aus. Liebst Du Juliette noch. Ja oder Nein!"

„Wenn Du so willst. Nein!"

„Liebst Du mich, Frankie?"

„Liebe ist ein starkes Wort, Schatz. Ja, ich liebe Dich."

„Sagst Du das jetzt nicht nur, damit Du Deine Ruhe hast? Meinst Du das wirklich so?"

„Ja, Du kleines, geiles Miststück! Und wenn Du willst, verkaufe ich mein Elternhaus nicht und bleibe in Rindelbach. Ist es das, was Du von mir möchtest?"

„Das würdest Du für mich tun?"

„Ich kann genauso gut von Zuhause aus meinen Schreibkram erledigen und tageweise nach Stuttgart zum Verlag fahren. Oder ich kündige und mach was ganz anderes. Oder. Oder."

„Das verlange ich doch gar nicht von Dir!"

„Okay, bist Du jetzt zufrieden?"

„Du meinst doch ernst, was Du gesagt hast? Nicht nur, damit ich wieder friedlich bin, oder?"

„Wer weiß?"

Eine schallende Ohrfeige rötete Frank Reisers linke Gesichtshälfte. Er hatte wohl beim letzten Satz zu breit gegrinst. Heulend stürzte Rosemarie Hertel aus dem Schlafzimmer.

Minuten später folgte er ihr in die Küche. Schluchzend lehnte sie am Kühlschrank.

„Ja, ich meine das alles so, wie ich es gesagt habe. Ja, ich verkaufe mein Elternhaus nicht. Ja, ich rufe am Montag meinen Verlag an. Nein, ich liebe Juliette nicht mehr. Ja, ich liebe Dich! Ja, ich küsse gerne Deinen Drachen."

Dabei berührten seine Lippen den Nacken von Rosemarie Hertel. Sanft erfasste er den Kragen ihres Morgenmantels und zog ihn etwas auseinander. Leise fiel der Morgenmantel zu Boden.

In der Mitte ihres linken Schulterblattes war nun deutlich der schuppige Schwanz eines Drachens zu sehen. Mit seiner Zunge leckte Frank Reiser die Schwanzspitze des Drachen, die direkt am Ansatz des Schulterblattes lag. Frank Reiser leckte ganz sanft entlang des Drachenschwanzes in Richtung des linken Schlüsselbeines von Rosemarie Hertel.

Behutsam zog er sie dabei gleichzeitig in Richtung Schlafzimmer. Mit einem kurzen Ruck drehte er Rosemarie Hertel um hundertachtzig Grad und warf sie auf das Bett.

Je ein Hinterbein des Drachen war auf die linke und die rechte Brust tätowiert. Sanft strich seine Zunge entlang des Drachenrückens. Rechts und links des Bauchnabels waren die Vorderbeine des grünen Ungeheuers abgebildet. Frank Reiser beugte sich vornüber, um den Drachen zu küssen.

Gegen 16.00 Uhr läutete der Wecker. Um 17.00 Uhr musste Rosemarie Hertel im Jackies sein. Frank Reiser brachte sie mit seinem Wagen hin. Er stellte seinen Mercedes-Benz in die Tiefgarage der alten Post und ging zu Fuß zum Ellwanger Marktplatz weiter.

Die Aufbauarbeiten waren bereits abgeschlossen. Die Fußballweltmeisterschaft konnte kommen. Der Bereich für das Public Viewing war für das morgige Eröffnungsspiel gerüstet. Frank Reiser ging hinüber zum Bierstand der Rotochsen-Brauerei und ließ sich ein Helles zapfen. Vorsorglich reservierte er eine komplette Biertischgarnitur für das Eröffnungsspiel mit Südafrika gegen Mexiko.

16 Ellwangen-Schrezheim (13. Juli 2010)

„Ich fahre sofort los", antwortete Frank Reiser und legte auf.

Er ging zu seinem Wagen und fuhr von Rindelbach an der Gehrensägmühle vorbei über die B 290 hinein nach Ellwangen. An der Stadthalle bog er an der Ampelkreuzung rechts ab und folgte der Rotenbacher Straße bis Rotenbach. Er durchquerte den Ort in südliche Richtung und bog am Ortseingang von Schrezheim von der Hauptstraße ab. Thea Dorn wohnte in Schrezheim in der Straße „Im Bergfeld" zur Miete.

Magdalena Dorn öffnete die Haustür, als Frank Reiser vor dem Haus gehalten hatte. Offensichtlich war sein Eintreffen beobachtet worden. An dem weißen VW Golf vor der Garage erkannte er auch sofort, wer ihn schon erwartet hatte. Der Golf gehörte Matthias Zabert, mit dem Frank Reiser vor wenigen Minuten noch telefoniert hatte.

„Magdalena, geh bitte in Dein Zimmer", sagte Thea Dorn mit zitternder Stimme.

Das Mädchen gehorchte seiner Mutter und ging die Treppe hinauf in den ersten Stock des kleinen Reihenhauses.

„Ich bin an allem schuld", fing Thea Dorn an zu schluchzen.

„Woran bist Du schuld, Thea?", wollte Frank Reiser wissen.

Matthias Zabert wusste es bereits.

„Frankie, halt dich fest! Wir müssen annehmen, dass Rollo den Spanier getötet hat."

„Zappa, warum sollte er so etwas tun? Ich kenne Rollo seit vielen Jahren. Er ist zwar ab und zu etwas jähzornig. Schlägt auch gerne mal zu, wenn er zu viel getrunken hat. Aber jemanden umbringen. Nein! Das glaube ich nicht. Das traue ich ihm nicht zu. Da gehört etwas mehr dazu, als Jähzorn. Wie kommt Ihr denn auf diesen Trichter?"

„Thea, sag Du es ihm."

„Das werde ich mir nie verzeihen."

„Was wirst Du Dir nie verzeihen, Thea?"

„Das mit Carlos."

„Was mit Carlos? Rück raus mit der Sprache!"

Thea Dorn fing an, hemmungslos zu weinen. Erst nach ein paar Minuten war sie wieder in der Verfassung, etwas zu sagen.

„Ihr kennt doch den Rollo. Er ist ein lieber Kerl. Ich mag ihn sehr. Er kümmert sich auch um Lena, obwohl sie nicht sein Kind ist. In letzter Zeit ist er aber immer komischer geworden. Seit ich im Jackies arbeite. Meine Nachtarbeit. Seine Fernfahrten. Es lief halt nicht rund zwischen uns. Er hat auch wieder getrunken."

„Ja, Thea. Und?"

„Du kennst doch den Spanier, der im Hotel zur alten Post wohnt? Den Carlos."

„Der in der alten Post wohnte", korrigierte Matthias Zabert.

„Der Carlos ist – der Carlos war so ein lieber Mensch. Der hat genau mitbekommen, wenn ich im Jackies Streit mit Rollo hatte. Der hat mich dann getröstet. Der Carlos war so ein lieber Mensch."

„Sag bloß - und Du bist mit ihm in die Kiste gehüpft? Das ist nicht Dein Ernst, Thea?"

„Doch! Es ist einfach passiert. Er war so ganz anders als der Rollo."

„Hast Du das Rollo gebeichtet?"

„Nein!"

„Ist es bei dem einen Mal geblieben?"

„Nein! Der Carlos hat doch im Hotel gewohnt. Immer wenn ich sein Zimmer aufräumen wollte, war er da. Ich dachte, es wäre Zufall. War es aber nicht. Ich konnte aber auch nicht widerstehen."

„Immer und immer wieder. Ich konnte nicht widerstehen. Versteht Ihr das?"

„Ehrlich gesagt? - Nein!"

„Der Carlos war so anders zu mir. So zärtlich. So einfühlsam. Und so ausdauernd. Einmal musste ich Überstunden abstempeln, weil wir es so lang gemacht haben. Er hat gesagt, er ist nur noch ein paar Tage hier. Dann hat er seinen Aufenthalt immer wieder verlängert. Ich konnte nicht widerstehen. Ich bin an allem schuld."

„Zappa, wie siehst Du die Sache?"

„Sieht schlecht aus für Rollo. Der Spanier ist tot. Rollo ist verschwunden. Er hat ein gutes Motiv. Sieht schlecht aus."

„Sucht Ihr schon nach ihm?"

„Nein, aber ich muss gleich melden, was ich weiß. Da kann ich nichts machen. Die Kripo in Aalen wird ihn zur Fahndung ausschreiben. Das geht seinen Gang. Die Mordkommission muss jedem Hinweis nachgehen. Bis wir Rollo befragen können, ist er jetzt unsere beste Spur. Auch wenn mir das persönlich nicht schmeckt."

„Zappa, warum meldest Du es dann?"

„Vielleicht, weil ich Polizist bin und damit mein Geld verdiene?"

„Scheiße, Zappa! Scheiße Zappa! Rollo ist der Kumpel von Thomas."

„Lass Deinen Bruder aus dem Spiel! Es hilft jetzt nichts mehr. Ich bin nicht der einzige Polizist, der davon weiß."

„Wer noch?"

Die Antwort auf diese Frage läutete in diesem Moment an der Tür. Matthias Zabert ging zum Eingang und machte auf.

„Ich bin nach dem Anruf gleich hierher gefahren", sagte er zu Polizeioberrat Geiger.

„Was macht der hier? Zabert, verarschen Sie mich nicht! Ich warne Sie!"

„Herr Reiser ist ein Freund des Hauses, den Frau Dorn zugezogen hat."

„Ich will davon nichts in der Zeitung haben. Verstehen wir uns, Herr Reiser? Dafür gibt es Pressekonferenzen. Die nächste ist übrigens um 14.00 Uhr. Die Ipf- und Jagst-Zeitung ist natürlich auch eingeladen."

Wortlos wurde Thea Dorn zum Polizeiauto gebracht. Frank Reiser telefonierte kurz mit Rosemarie Hertel. Dann mit Helga Kramer. Sie war eine Freundin von Thea Dorn und wohnte drei Straßen weiter. Frank Reiser brachte Magdalena zu ihr hin.

Anschließend rief er Matthias Zabert an.

„Woher wusste Dein Chef, wo er suchen muss, Zappa? Sag mir das bitte. Doch nicht von Dir, oder?"

„Mich hatte Ellen Steiger angerufen. Die Schlange hat anscheinend auch einen guten Draht zu Polizeioberrat Geiger, wie es aussieht."

„Dieses Miststück! Mit ihr werde ich mal ein Hühnchen rupfen gehen. Wir sehen uns bei der Pressekonferenz, Zappa?"

„Ja, ich betreue wieder die Pressemeute. Also auch Dich. Fass Ellen nicht zu hart an. Solange wir nicht mit Rollo gesprochen haben, kennen wir die Wahrheit nicht."

Von Schrezheim aus fuhr Frank Reiser direkt nach Ellwangen, wo die Kanzlei Steiger ihren Sitz am Marktplatz, schräg gegenüber vom Landgericht, hatte. Ohne die Vorzimmerdame zu beachten, stürmte Frank Reiser in das edel ausgestattete Büro der Anwältin.

Ellen Steiger schickte Peter Behr, einen ihrer angestellten Anwälte, hinaus und schloss die Tür.

„Du fieses Miststück. Warum hast Du das getan?", polterte Frank Reiser los.

„Darf ich Dir etwas zu trinken anbieten, Frank?", entgegnete Ellen Steiger mit ruhiger Stimme.

„Spar Dir Deinen Honig für den Gerichtssaal!"

„Ich habe nur meine Pflicht als gute Staatsbürgerin erfüllt und der Polizei geholfen."

„Aha, Du weißt also ganz genau, warum ich hier bin. Warum hast Du Rollo denunziert?"

„Frank, jetzt werde nicht pathetisch. Denunziert. Was ist das denn für ein Wort?"

„Wie würdest Du es nennen?"

„Frank, ich sehe schon, Du hast keine Ahnung, worum es hier geht. Dann lausch mal ein bisschen."

„Ich bin ganz Ohr, Ellen."

„Dein feiner Freund Rollo hat wahrscheinlich den Spanier auf dem Gewissen."

„Warum sollte er das getan haben?"

„Weil der Spanier die Thea vögelt. Ist das kein Grund für Rollo?"

„Klingt plausibel. Aber dazu musste Rollo erst einmal davon erfahren. Thea hat es ihm nicht gebeichtet. Das weiß ich. Also woher wusste er es? Wenn er es überhaupt gewusst hat. Oder weiß."

Vielleicht, weil ich es ihm erzählt habe?"

„Du?"

„Ja, ich."

„Jetzt stehe ich aber auf der Leitung. Warum hast Du das gemacht, Ellen?"

„Was glaubt denn dieser Spanier eigentlich, wer er ist? Macht mir schöne Augen und vögelt dann meine Angestellten. Was glaubt der, mit wem er es zu tun hat? Ich bin ihm relativ schnell auf die Schliche gekommen. Ich weiß doch, was in meinem Hotel vor sich geht. Zuerst dachte ich noch, die Thea braucht aber lange mit dem Zimmer 39. Ich habe mir das dann ein paar Mal angesehen. Wie sie in das Zimmer geht. Wie lange sie drin ist und so weiter. Und ob der Spanier da ist oder nicht. Nach zwei Wochen musste ich nur noch Zwei und Zwei zusammen zählen. Ich habe dann an einem Vormittag die Zimmertür leise aufgesperrt und sie gesehen. Das Video habe ich gestern Rollo gezeigt. Der wäre erst beinahe in Ohnmacht gefallen. Der Spanier hat die Thea nach Strich und Faden gevögelt. Der Rollo ist dann fast ausgerastet. Ich könnte schon verstehen, wenn der sich den Spanier gegriffen hätte. Aber gleich umbringen. Damit habe ich natürlich nicht gerechnet."

„Du hast gefilmt? Du bist in das Zimmer eingedrungen und hast die beiden beim Vögeln gefilmt? Bist Du noch ganz bei Trost? Hast Du sie noch alle, Ellen?"

„Wieso? Die Geschichte hätte mir doch kein Mensch geglaubt. Geh doch mal ohne Beweise in den Gerichtssaal. Die lachen Dich aus. Die lachen Dich lauthals aus."

„Wir sind aber nicht im Gerichtssaal. Was geht Dich das überhaupt an. Prinzipiell kann Jeder Jede vögeln, ohne dass Dich oder mich das etwas angeht. Ich spreche jetzt nicht von Moral. Ich meine grundsätzlich. Es sei denn, es betrifft den eigenen Partner."

Frank Reiser stutzte kurz.

„Ach, jetzt wird ein Schuh daraus. Ach, jetzt verstehe ich die Nummer. Du warst eifersüchtig auf Thea. Du wolltest den Spanier haben. Für Dich alleine. Und als er sich an Thea herangemacht hat, wolltest Du ihn bestrafen. Ja, richtig. Eine Ellen Steiger hintergeht man nicht. Selbst wenn dabei eine Leiche rauskommt. Ellen, tickst Du noch ganz richtig?"

„Frank, so war es doch nicht. Der Spanier hat gemeint, er könnte mich mit seinem Lausbubencharme erobern. Ich suche mir meine Männer schon noch selbst aus."

„Was ja nicht immer klappt", unterbrach Frank Reiser sie.

„Keine Sorge, Frank. Dich kriege ich noch! Im Bett war der Spanier ganz okay. Aber er konnte es nicht verknusen, wenn ihm eine Frau sagt, wo es lang geht. Nicht ich habe mich an ihm gerächt. Er wollte sich an mir rächen. So sieht es aus!"

17 Schrezheim (16. Juni 2010)

Carlos Martinez hatte Cevapcici bestellt. Ein kleiner Rest des Djuvecreises lag noch neben den Fleischbällchen, als der Kellner abservierte. Carlos Martinez war längst satt. Ob ihm das Cevapcici geschmeckt hätte, wollte der freundliche Kellner von ihm wissen. Carlos Martinez bejahte. Ob er noch einen Slibowitz trinken wolle, fragte der Kellner nach. Carlos Martinez bejahte.

„Die Rechnung bitte", sagte er zu dem Kellner, als der Pflaumenschnaps gebracht wurde.

Der Wirt des Schrezheimer Restaurants „Balkangrill" kam persönlich mit dem Geldbeutel und dem Rechnungsbeleg zu Carlos Martinez an den Tisch.

Gegen 19.30 Uhr war Carlos Martinez auf dem Ellwanger Marktplatz losgegangen, um die zwei Kilometer bis zu dem Lokal zurück zu legen. An diesem Mittwochabend war wenig los im „Balkangrill", da in seinen Räumen keine Möglichkeit angeboten wurde, um die Spiele der Fußballweltmeisterschaft zu verfolgen. Hätte Carlos Martinez auf dem Ellwanger Marktplatz besser auch nicht gemacht. Denn was er sah, hatte ihm überhaupt nicht gefallen. Die Spieler der spanische Mannschaft, immerhin als amtierender Europameister im Favoritenkreis gehandelt, ließen zwar neunzig Minuten lang Ball und Gegner Schweiz laufen, brachten das Leder aber nicht im Gehäuse der Eidgenossen unter. Trotz Powerplay erzielte in der 52. Spielminute ausgerechnet der Schweizer Spieler mit dem typisch schweizerischen Namen Gelson Fernandes das Tor des Tages und die spanische Equipe musste das Stadion in Durban als Verlierer verlassen.

Nach drei Bieren der Rotochsenbrauerei hatte Carlos Martinez eigentlich gar keine Lust mehr auf Cevapcici im Balkangrill. Lust war aber auch nicht seine primäre

Motivation, dorthin zu gehen. Am vergangenen Wochenende war er schon einmal dort gewesen und da war das Lokal zum Bersten gefüllt gewesen. Direkt an der Eingangstür hatte Carlos Martinez gerade noch einen Sitzplatz bekommen. Das Lokal in der Schrezheimer Ortsmitte schien gut eingeführt und beliebt zu sein.

„Achtzehn Euro macht das genau", sagte Dragan Kovac, der Wirt.

„Stimmt so!", sagte Carlos Martinez, nachdem er dem gebürtigen Serben einen Zwanzig-Euro-Schein hinüber geschoben hatte.

„Danke!", antwortete der Serbe und setzte ein breites Grinsen auf.

„Ihr Lokal läuft gut. Am Samstag habe nur noch da vorne einen Platz bekommen", und zeigte dabei mit der ausgestreckten Hand in Richtung des Eingangs.

„Ja, ich kann mich nicht beklagen."

„Wissen Sie, ich gehe gerne Essen und die Spezialitäten vom Balkan schmecken mir sehr gut, obwohl natürlich die spanische Küche die beste Küche ist."

„Nichts gegen die spanische Küche. Aber mit der jugoslawischen Küche möchte ich sie nicht vergleichen."

„Ich kann das schon. Ich bin gelernter Koch. Ich verstehe was davon."

„Ja, spanisch Kochen ist sicherlich auch anspruchsvoll. Aber unsere jugoslawische Küche ist doch sehr geschmackvoll und deshalb so beliebt. Auch hier in Deutschland. Das müssen Sie doch zugeben."

„Ja, das stimmt. Manchmal zu geschmackvoll. Die spanische Küche überzeugt da doch mehr durch den Eigengeschmack ihrer Zutaten."

„Das können Sie so nicht sagen. Aber lassen Sie uns nicht streiten. Trinken wir noch einen Slibowitz. Bogdan, bring zwei Slibowitz!"

„Auf Ihr Lokal!"

„Auf die jugoslawische und die spanische Küche!"

Carlos Martinez stellte sein leeres Glas auf das Tablett zurück und wischte sich mit der Serviette über seinen Mund.

„Ich träume schon seit Jahren von einem eigenen Lokal. In Ellwangen gibt es kein spanisches Lokal. Ich habe mich umgesehen. Ich bin mir nicht sicher."

„In Ellwangen gibt es viele schöne Lokale. Deutsche Küche, italienische Küche, griechische Küche, asiatische Küche und natürlich meinen Balkangrill. Bis letztes Jahr gab es auch ein spanisches Lokal. Wurde aber von einem Einheimischen geführt. Musste wieder schließen. Vielleicht wollen die Ellwanger keine spanische Küche? Ich weiß es nicht."

„Ein Lokal ist natürlich immer ein Risiko. Die finanzielle Seite darf man nicht unterschätzen. Und das Essen muss gut sein. Und der Preis muss stimmen. Aber ich bin manchmal zu ängstlich. Wenn ich mir vorstelle, ich baue ein Lokal auf und dann passiert etwas."

„Was soll denn passieren? Wir Serben denken immer positiv. So haben wir auch den Krieg überstanden."

„Ich normaler Weise auch. Aber in Stuttgart. Eines Nachts hat es in einem jugoslawischen Restaurant gebrannt. Nur ein bisschen. Aber trotzdem musste das Lokal für die Renovierung zwei Wochen geschlossen werden. Und man kann sich nicht dagegen schützen. Die Gäste bleiben einfach erst einmal weg."

„Meinem Vetter Zdravko ist in Waiblingen so eine ähnliche Geschichte passiert. Wie hieß denn das Lokal, von dem Sie sprechen?"

„Ich habe den Namen vergessen. Aber es war, glaube ich, auch in Waiblingen. Von da, wo ich in Stuttgart wohne, ist Waiblingen nur einen Katzensprung weg."

„Dann kennen Sie das Lokal von Zdravko?"

„Ja, möglich, dass es seines war. Ich bin da ein paar Mal gewesen. Schlimme Geschichte. Und man kann sich nicht dagegen schützen. In Ellwangen kann so etwas natürlich nicht passieren."

„Was meinen Sie damit?"

„Ich meine, dass ein Lokal plötzlich ein bisschen brennt. Nur ein klein bisschen Feuer. Kein großes Feuer. Nur ein kleines Feuer."

„Ich weiß nicht, was Sie meinen."

„Ich muss auch jetzt los. Und nichts für ungut. Die serbische Küche ist wirklich gut", sagte Carlos Martinez, stand auf und ging aus dem Lokal.

Dragan Kovac wusste mehr als er seinem Gast gegenüber zugeben wollte. Natürlich hatte ihm sein Vetter Zdravko die ganze Geschichte erzählt. Dass er sich geweigert hatte, für den Schutz seines Lokals zu bezahlen. Dass er mehrfach bedroht wurde. Dass er sich danach immer noch geweigert hatte, für die Sicherheit seines Lokals zu bezahlen. Dass das Lokal nachts gebrannt hatte. Dass die Polizei Brandstiftung als Ursache vermutete. Dass Zdravko jetzt brav einen Teil seiner Einnahmen ablieferte. Dass es seither keinerlei Störungen mehr gegeben hatte.

Dragan Kovac hatte nie damit gerechnet, dass er in einer beschaulichen Kleinstadt wie Ellwangen um seine Sicherheit fürchten müsste. Diese Beschaulichkeit war auch ein Argument gewesen, ausgerechnet in Ellwangen ein Lokal zu eröffnen. Nun war es mit der Beschaulichkeit anscheinend vorbei.

Oder hatte er sich das jetzt nur eingebildet? Weil der Gast Zdravko vielleicht kannte? Weil ihm die ganze Geschichte so bekannt vorkam? War seine Angst am Ende gar unbegründet? Hatte er sich von Zdravko anstecken lassen? Eigentlich hatte er keinen Grund dazu. Hatte er nicht auch im Krieg keine Angst vor Feinden gehabt? Hatte er nicht so den Krieg überhaupt überstanden?

18 Marktplatz Ellwangen (18. Juni 2010)

„So ein Mist!", rief die Nachbarbank kollektiv, als der Schiedsrichter die nächste gelbe Karte für die deutsche Mannschaft verhängte.

Frank Reiser saß mitten in einem Block eingefleischter Deutschlandfans. Nur vereinzelt sah man an anderen Tischen serbische Fahnen. Noch war kein Tor gefallen. Aber von dem flotten Angriffsfußball vom Australienspiel war bei der deutschen Elf heute nicht mehr viel zu sehen. 4:0 hieß es da beim Abpfiff noch. Bisher war das serbische Tor aber wie vernagelt.

„Nein! Nein!", war jetzt der Tenor.

Soeben hatte Jovanovic die Serben in Führung geschossen.

„Ja, Poldi, mach ihn rein!"

Mit „ihn" war der Ball gemeint, den sich Lukas Podolski auf den Strafstoßpunkt legte, um den Handelfmeter zu schießen.

Für einen kurzen Moment herrschte Totenstille auf dem Ellwanger Marktplatz, bis ein lautes „Nein!" die Menge wieder in Bewegung versetzte. Lukas Podolski war an Torwart Stojkovic gescheitert!

Frank Reiser hatte genug. Dass er bereits den Endstand des Spieles kannte, als er nach gut einer Stunde Spiel das Public Viewing auf dem Marktplatz vorzeitig verließ, konnte er da noch nicht ahnen.

Vorbei am Hauptgebäude der Kreissparkasse Ostalb ging er durch den Bogen des Landgerichtsgebäudes über den Methodiusplatz in Richtung Bahnhof. Rosemarie Hertel hatte für Fußball wenig übrig, deshalb war sie trotz Weltmeisterschaftsspiel der Deutschen bereits in ihrem Lokal, dass wieder um 18.00 Uhr geöffnet werden würde.

„Hallo, Rosie! Wie läuft es?", wollte Frank Reiser nach einem Begrüßungskuss auf die Wange von seiner Lebensgefährtin wissen.

„Geht so", kam als Antwort lapidar zurück.

„Was heißt denn, geht so?"

„Hier!", sagte Rosemarie Hertel und streckte Frank Reiser ein Schreiben der Kanzlei Steiger entgegen.

Frank Reiser überflog es eilig.

„Die spinnt wohl. Der werde ich helfen. Das lässt Du Dir doch nicht gefallen, oder?", war seine erste Reaktion auf das Schreiben, das Ellen Steiger an ihre Pächterin gerichtet hatte.

„Frank, ich glaube nicht, dass ich dagegen was machen kann. Der Vertrag läuft zwar erst Ende 2011 aus. Aber wir hatten vereinbart, dass wir nach dem ersten Jahr schauen, wie es läuft. Und dann eventuell die Pacht angepasst wird. Und das Jahr läuft bisher prima. Sie war letztes Jahr sehr kulant und hat mir das Jackies zu einem guten Preis verpachtet. Aber ich musste diese Bedingung akzeptieren, sonst wäre ein anderer Pächter in den Vertrag genommen worden."

„Das sieht ihr ähnlich! Mit juristischen Winkelzügen will sie Dich aus dem Geschäft drängen. Damit sie sich an mir rächen kann.

„Was meinst Du damit?"

„Du Schatz, das habe ich Dir nicht gesagt. Die Ellen Steiger ist hinter mir her, seit ich wieder in Ellwangen bin. Du weißt, ich gehöre Dir. Deshalb habe ich sie natürlich abblitzen lassen. Die verwöhnte Frau kann das aber nicht einfach so akzeptieren. Deshalb versucht sie jetzt, sich zu rächen. Und da sie an mich nicht herankommt, versucht sie jetzt, Dir zu schaden."

„Frank, das glaubst Du doch selbst nicht, oder? Das glaube ich nicht. Denk doch an meinen Pachtvertrag. Als wir die Bedingungen aufgenommen haben, war doch von Dir noch gar keine Rede gewesen."

19 Ellwangen-Neunheim (13. Juli 2010)

Bis zur nächsten Pressekonferenz um 14.00 Uhr hatte Frank Reiser noch etwas Zeit übrig. Von der Kanzlei Steiger aus fuhr er über die Südtangente und die Neunheimer Straße in das Industriegebiet. Kurz vor der Auffahrt zur A 7 bog er an der Ampelkreuzung nach links ab und folgte der Max-Eyth-Straße, bis er den Motorradladen erreichte, in dem sein Bruder als Mechaniker beschäftigt war.

„Ist Tommie da?", fragte Frank Reiser den Besitzer des Motorradgeschäfts, der sich auf den Verkauf und die Reparatur von Zweirädern der Marken Honda, Yamaha und Harley-Davidson spezialisiert hatte.

„Hinten in der Werkstatt!", sagte der Mann hinter dem Tresen, ohne auf Frank Reiser weiter einzugehen.

Da er sich hier auskannte, ging Frank Reiser zielstrebig durch die Tür nach hinten in die angrenzende Werkstatt. Thomas Reiser war gerade dabei, aus einer älteren Yamaha SR 500 den Motorblock herauszuheben, um ihn für einen Wechsel der defekten Kolbenringe des Einzylinders zu zerlegen.

„Hallo, Frankie!", begrüßte er seinen jüngeren Bruder.

„Hallo, Tommie. Weißt Du, wo ich Rollo finden kann? Die Polizei sucht ihn. Ich muss mit ihm reden."

Roland Richter und Thomas Reiser gehörten beide zum Motorradclub Rindelbach. Nebenbei waren sie auch dicke Freunde, die schon manches Ding zusammen gedreht hatten. Dabei ging es weniger um kriminelle Aktivitäten, sondern um die Restaurierung alter Motorräder. Alt bedeutete für die beiden Rocker mindestens dreißig Jahre alt. Und Ding drehen bezog sich wörtlich auf die Masse der erforderlichen Arbeiten dabei.

Thomas Reiser hatte – wie seine beiden Brüder – das Hariolf-Gymnasium in Ellwangen besucht. Nach einem Sozialpädagogikstudium wollte er eigentlich Streetworker in Stuttgart werden, was er auch ein paar Jahre ausgeübt hatte. Seine Leidenschaft für alles, was mit Motorrädern zusammen hing, war jedoch irgendwann übermächtig. Er hängte seinen Job an den berühmten Nagel und erlernte den Beruf eines Zweiradmechanikers. Selbst nach dem Motorradunfall von Lukas Reiser war er von seiner Leidenschaft nicht abzubringen. Dass er nur angestellter Schrauber in einer Fünfmannklitsche war, störte ihn nicht im Geringsten.

„Was willst Du von Rollo?"

„Die Polizei verdächtigt ihn, den Spanier umgebracht zu haben, den der Greinerjunge gestern an der Jagstbrücke gefunden hat. Und Rollo hat anscheinend ein starkes Motiv."

„Frankie, der Rollo bringt doch niemanden um. Eine auf das Maul hauen: Ja! Umbringen? Nein. Ganz sicher nicht. Was ist denn das starke Motiv?"

„Eifersucht."

„Auf wen soll er denn eifersüchtig sein?"

„Auf den Spanier."

„Was hat er denn mit dem Spanier zu schaffen?"

„Der Spanier hat seine Thea gevögelt. Das reicht doch als Motiv für Rollo, oder?"

„Wie kommst Du darauf, Bruderherz?"

„Das verstehe ich jetzt nicht. Der Spanier macht der Thea schöne Augen, vögelt sie regelmäßig ordentlich durch und Du fragst mich, wie ich darauf komme? Noch mal von vorne. Der Spanier wohnt seit einigen Wochen im Hotel zur alten Post. Abends geht er regelmäßig ins Jackies. Dort baggert er Thea an. Okay? Irgendwann kriegt er sie herum. Okay? Irgendwann vögeln die beiden Turteltäubchen regelmäßig im Hotelzimmer des Spaniers. Immer wenn sie sein Zimmer macht. Okay? Irgendwann erfährt Rollo davon. Aber anstatt es der Thea richtig zu besorgen, knöpft er sich den Spanier vor und verschwindet. Der Spanier ist tot. Rollo untergetaucht. Okay?"

Thomas Reiser schmunzelte.

„Was lachst Du, Tommie?"

„Woher wusste Rollo denn, das der Spanier seine Thea fickt?"

„Das ist ja der Hit an der ganzen Geschichte. So wie es aussieht, hat der Spanier nicht nur die Thea durchgenudelt, sondern auch ihre Chefin."

„Deine Rosemarie?", unterbrach ihn sein Bruder.

„Nein. Nicht Theas Chefin im Jackies, sondern im Hotel zur alten Post. Und wenn der Rosie angerührt hätte, würde die Polizei jetzt nach mir suchen müssen. Nein, er hat die Ellen Steiger vernascht. Die hat ihn aber nur benutzt. Was er anscheinend spitz gekriegt hat und sich mit Thea revanchieren konnte. Ellen ist dahinter gekommen. Und. Jetzt hör gut zu! Und sie hat die beiden beim Vögeln gefilmt und diese Aufnahmen gestern Rollo gezeigt. Weil sie Rollo kennt und offenbar wusste, dass der sich wiederum den Spanier vorknöpfen würde. Der Plan ist so richtig fies. Aber hat anscheinend funktioniert. Ich unterstelle Ellen jetzt einfach, dass sie nicht mit dem Tod des Spaniers gerechnet hat, sondern nur von einer ordentlichen Abreibung für ihn ausgegangen ist. Und Rollo ist seither verschwunden. Ich war mit Zappa bei Thea. Sie weiß auch nicht, wo Rollo sein könnte. Verstehst Du jetzt?"

„Nein!"

„Nein? Das liegt doch auf der Hand, oder?"

„Deine Geschichte hat einen Haken."

„Einen Haken?"

„Ich war am Samstag mit Rollo und ein paar anderen vom Club auf der Hocketse vom Liederkranz an der Kübelesbuckhalle. Dort hat er mir nach ein paar Bieren gesagt, dass er sich von der Thea trennen wird. Seit sie im Jackies arbeitet und er nur noch Ferntouren fährt, läuft nichts mehr zwischen den beiden. Er hat auch schon eine Neue auf der Seite. Die ist aus Dinkelsbühl. Ich habe sie schon einmal gesehen. Sieht gar nicht schlecht aus. Passt, glaube ich, ganz gut zu Rollo. Er hat der Thea aber noch nichts gesagt. Da er sie und Magdalena auch finanziell unterstützt, wollte er sie nicht einfach so abservieren. Das wäre er der Thea schuldig. Und die kleine Magdalena könne ja auch nichts dafür, sagte er zu mir. Auf jeden Fall hat er mir bei der Hocketse gesagt, dass er endlich im Kopf wieder frei sei und sich von der Thea trennen könne, ohne ein schlechtes Gewissen zu haben. Ich habe ihn natürlich gefragt, wie das denn jetzt plötzlich so gekommen sei. Er wollte nicht herausrücken mit der Sprache. Jetzt ist mir natürlich alles klar."

„Wie, alles klar?"

„Ich gehe davon aus, dass er bei Ellen war. Die hat ihm das Video gezeigt, von dem Du gerade gesprochen hast. Da Thea fremd vögelt, musste Rollo jetzt kein schlechtes Gewissen mehr haben. Deshalb war er so ruhig, obwohl jeder Andere bei dem Video ausgerastet wäre. Mit Recht! Aber wo ist jetzt Dein starkes Motiv? Warum sollte er den Spanier töten? Der hat ihn doch gerettet. Aus seiner misslichen Lage mit Thea und seiner neuen Flamme aus Dinkelsbühl."

„Jetzt bin ich aber baff!"

„Siehst Du. Der Rollo war es nie und nimmer! Der Plan sieht Ellen zwar ähnlich. Er hat aber anscheinend nicht gefruchtet. Wenn Du mich fragst, muss die Polizei sich einen anderen Täter suchen. Der Rollo war es nicht. Trotzdem müssen wir ihn finden. Er hat sich das Endspiel in der Sportgaststätte in Rindelbach angeschaut. Er ist sicher auf seiner Harley dorthin."

20 Hotel zur alten Post (25. Juni 2010)

Zufrieden lag Carlos Martinez auf dem Bett seines Hotelzimmers. Das war bisher ein rundherum gelungener Tag gewesen. Gegen 08.00 Uhr hatte ihn Thea Dorn auf seinem Zimmer besucht, um das „Bett zu machen". Wie fast jeden Tag in den letzten Wochen hatte er eine Menge Spaß mit dem kleinen Zimmermädchen. Seit er sie an seinem ersten Abend im Jackies gesehen hatte, wusste er, dass sie ihm nicht widerstehen konnte. Und Carlos Martinez bemühte sich auch nach Kräften, dass Thea bei der Stange blieb. Er verwöhnte sie nach Strich und Faden. Sie nahm das dankbar entgegen. Mittlerweile wusste sie auch, dass sie im Bett und unter der Dusche Sachen erleben konnte, die ihr unglaubliche Befriedigung verschafften, von denen sie vorher noch nicht einmal gewusst hat, dass man das so zu zweit machen konnte.

Ellen Steiger hatte er darüber schnell vergessen. Diese arrogante Zicke hielt sich für etwas Besonderes und war im Bett aber langweilig. Was Carlos ihr natürlich bei ihrem ersten Mal so nicht zu verstehen geben konnte.

Dann war er heute in Schrezheim, um sich das ungenutzte ehemalige Comboni-Kloster in der Nähe des Kegeltreffs des Kegelklubs Schrezheim anzusehen. Er hatte einen Termin mit der Brauerei und einem Vertreter der Stadtverwaltung Ellwangen gehabt. Die waren ganz begeistert von seinen Plänen, ein Lokal in diesen Räumlichkeiten zu eröffnen. Da das Gebäude bislang schwer zu verpachten gewesen war, sollte Carlos Martinez im ersten Vertragsjahr zunächst mit einem geringen Pachtzins belastet werden, damit das Projekt nicht schon im Startblock verhungert, sondern erfolgreich zum Laufen gebracht werden konnte.

Die Krönung wurde aber vor wenigen Minuten abgepfiffen. Mit dem Trikot seines Idols Sergio Ramos bekleidet, hatte er vor dem Fernseher in seinem Zimmer die spanische Fußballnationalmannschaft angefeuert, die gerade in der Vorrundengruppe H ihr drittes und letztes Spiel gegen Chile mit 2:1 gewinnen konnte. Bester Mann auf dem Platz und Schütze des zweiten Tors für die Spanier war Iniesta gewesen. Carlos Martinez verfolgte aber mit mehr Interesse den Auftritt seines Idols Sergio Ramos. Bei Verwandtenbesuchen hatte Carlos Martinez diesen Spieler bewundern können, als er mehrmals bei Spielen des FC Sevilla live im Stadion sein konnte. Seit 2005 kickte Sergio Ramos zwar für die Königlichen in Madrid. Dies tat aber seiner Verehrung für diesen Ausnahmespieler keinerlei Abbruch. Bereits während des spannenden Spiels, mit dem sich Spanien für das Achtelfinale gegen seinen Nachbarn Portugal qualifizierte, verkostete Carlos Martinez reichlich Rioja. Seine Stimmung war glänzend an diesem Abend. Er hatte nur noch eine kleine Sache zu erledigen. Seinen abendlichen Kontrollanruf bei der Nordin Inkasso.

Seiner Begeisterung über den Sieg der spanischen Fußballer durfte er am Telefon sicher nachgeben. Von Thea Dorn und der Gaststätte in Schrezheim erwähnte er aber besser noch nichts. Denn er konnte noch nicht einschätzen, wie sein Boss Ture Schäffler auf seine beruflichen Zukunftspläne reagieren würde.

„Im Balkangrill läuft es ganz gut. An ein paar Wochentagen brummt das Geschäft. Hauptsächlich von Donnerstag bis Sonntag. Die Preise sind aber im Vergleich zu Stuttgart sehr niedrig. Damit ist der Umsatz auch viel niedriger als in den typischen jugoslawischen Lokalen in Stuttgart. Ich weiß nicht, ob sich das lohnt", gab Carlos Martinez die wichtigsten Informationen an seinen Chef durch.

„Carlos, bisher hast Du mir noch keine positiven Nachrichten aus Ellwangen gebracht. Wofür bezahle ich Dich eigentlich? Ich hoffe für Dich, dass Du dort nicht nur Spesen machst, sondern auch für uns ein gutes Geschäft an Land ziehst. Das hoffe ich wirklich für Dich, Carlos", antwortete Ture Schäffler am anderen Ende der Leitung.

„Das kann man zurzeit auch gar nicht richtig abschätzen. Durch die Fußballweltmeisterschaft sind viele Leute zuhause vor dem Fernseher oder bei einem Public Viewing. Das wird überall angeboten. Da gehen die Leute eben nicht so häufig wie sonst in die Gastronomie", versuchte Carlos Martinez seine bisherigen schlechten Ergebnisse zu erklären.

„Kann sein, Carlos. Kann aber auch nicht sein. Vielleicht liegt es ja gar nicht an der Weltmeisterschaft, sondern an Dir, Carlos? Hast Du darüber schon einmal nachgedacht? Ich sage Dir jetzt mal etwas. Das Endspiel ist am 11. Juli. Danach hast Du noch zwei Wochen Zeit, die Geschichte in Ellwangen abzuschließen. Dann will ich Ergebnisse sehen. Hast Du mich verstanden?"

„Ja, Chef", antwortete Carlos Martinez kleinlaut.

„Dann ist ja alles klar. Gibt es sonst noch etwas, was Du mir sagen möchtest, Carlos?"

„Nein, Chef!"

Ture Schäffler legte auf, wunderte sich aber über die letzte Antwort seines Untergebenen. Ture Schäffler hätte erwartet, dass Carlos Martinez ihm von seinem Besuch in der leer stehenden Gaststätte in Schrezheim, von seinem Termin mit der Brauerei oder von seinen Plänen, ein spanisches Lokal in Ellwangen aufzumachen, berichten würde.

Eine besondere Eigenschaft von Ture Schäffler war, sich nur auf sich selbst blind zu verlassen, anderen aber grundsätzlich nicht über den Weg zu trauen. In seiner Branche war das wie so eine Art Lebensversicherung.

Er hatte auch keinen Grund, Carlos Martinez zu vertrauen. Dieser war nur bei ihm, um seine Schulden abzuarbeiten. Die Loyalität von Sklaven ihren Herren gegenüber war in der Geschichte noch nie sehr stark ausgeprägt gewesen. Und Ture Schäffler behandelte seine Schuldner zum Teil wie Sklaven.

Carlos Martinez hatte seine Schulden fast schon abgearbeitet. Ende August 2010 würde er alle Außenstände mit Zins und Zinseszinsen beglichen haben. Vater Martinez hatte dazu auch seine ganzen Ersparnisse beigesteuert. Ture Schäffler musste Carlos Martinez also zur Not gehen lassen, wenn dieser ab September andere Pläne haben würde. Oder eine neue Lage eintreten würde.

Ture Schäffler sah diese neue Lage schon am Horizont auftauchen. Nach allem, was Carlos Martinez über die Gastronomie in Ellwangen herausgefunden und berichtet hatte, ging Ture Schäffler momentan davon aus, dass sich ein Engagement am Ostzipfel seines „Reiches" nicht rechnen würde. Somit war mit dem Aufenthalt von Carlos Martinez in Ellwangen außer Spesen nichts gewesen. Und genau diese Spesen würde Ture Schäffler seinem Schuldner Carlos Martinez auf die alte Rechnung mit drauf packen. Wovon Carlos Martinez natürlich noch nichts ahnen konnte.

Ture Schäffler war dies von Anfang an klar gewesen. Wo käme er denn hin, wenn er Geld so einfach in den Sand setzen würde? Das war nicht sein Stil. Selbst aus einem scheinbaren Misserfolg machte er noch Geld für sich und seine Nordin Inkasso.

Das war auch der Grund dafür, jeden seiner Erkunder überwachen zu lassen. Und die Überwachung von Carlos Martinez hatte ihm das schon lange vermutete Ergebnis gebracht. Carlos Martinez versuchte, seinen Absprung bei der Nordin Inkasso einzustielen.

„Die Idee mit dem spanischen Lokal in Ellwangen ist gar nicht so schlecht", dachte Ture Schäffler.

„Da ist man sicher froh, wenn eine eingeführte Firma den Schutz des Lokals übernimmt."

21

Stadtcafe Ellwangen (27. Juni 2010)

„Ellen, ich warne Dich! Das kannst Du nicht machen! Rosie hat mit uns zwei nichts zu tun", redete Frank Reiser auf Ellen Steiger ein.

Sie saßen seit gut einer Stunde am hinteren rechten Tisch des Stadtcafes. Vor Ellen Steiger stand ein halbvolles Glas Mineralwasser. Frank Reiser hatte sein Stück Schwarzwälder Kirsch nur halb aufgegessen. Er hatte an diesem Sonntagnachmittag fast keinen Appetit. Der war ihm spätestens seit ein paar Minuten restlos vergangen.

Seit ihm Rosemarie Hertel das Schreiben der Kanzlei Steiger gezeigt hatte, überlegte er, wie er seiner Lebensgefährtin in der Sache helfen konnte. Über einen befreundeten Anwalt hatte Frank Reiser den Pachtvertrag für das Jackies auf juristische Feinheiten hin überprüfen lassen. Das Ergebnis war für ihn leider ernüchternd. Der Anwalt kam zu dem Schluss, dass der Pachtvertrag wasserdicht sei und das Schreiben von Ellen Steiger an ihre Mieterin nicht angreifbar wäre.

Genau das wollte Frank Reiser gerade nicht hören. Rosemarie Hertel hatte er von dieser Aktion nichts gesagt, um sie nicht zusätzlich zu beunruhigen. Bis zum Vertragsende war ja noch über ein Jahr hin. Die Dinge liefen für Rosemarie Hertel momentan aber so gut, dass sie es schade finden würde, das Jackies wieder aufgeben zu müssen.

Frank Reiser hatte lange überlegt, ob er den letzten Schritt gehen wollte. Es blieb ihm aber anscheinend nichts anderes übrig, als sich mit Ellen Steiger zu treffen und die Sache unter vier Augen zu besprechen.

„Frankie, Du bist ja richtig wütend. Habe ich Dir gesagt, dass ich Dich wütend noch attraktiver finde?", ignorierte Ellen Steiger den Angriff ihres Gegenübers.

„Ellen, lass den Scheiß!", flüsterte Frank Reiser, damit die anderen Gäste im Stadtcafe nicht jeden Teil ihrer Unterredung mitbekommen sollten.

„Frankie, Du hast recht. Die Sache mit Rosemarie Hertel hat mit uns zwei Hübschen nichts zu tun. Das ist eine rein geschäftliche Angelegenheit zwischen der Kanzlei Steiger und einer unserer Pächterinnen. Eine rein geschäftliche Angelegenheit. Ich weiß gar nicht, warum Du Dich da überhaupt einmischst."

„Ellen, das glaube ich Dir nicht. Seit Du weißt, dass Du bei mir nicht landen kannst, versuchst Du Dich über Rosie an mir zu rächen. Ist es nicht so?"

„Nein! Ist es nicht!", stellte Ellen Steiger fest.

„Ellen, das glaube ich Dir nicht."

„Du kannst von mir aus glauben, was Du willst, Frankie. Es ist aber so."

„Ellen, ich kenne Dich doch."

„Frankie, bilde Dir da nicht zu viel ein. Niemand kennt mich. Du glaubst, mich zu kennen? Nur, weil wir kurz zusammen waren, kennst Du mich noch lange nicht. Oder, Frankie?"

„Ellen, lass Rosie in Ruhe, bitte!"

„Oder was, Frankie?"

„Nichts, oder was? Du sollst Sie einfach in Ruhe lassen. Überlege Dir das mit dem Pachtvertrag nochmals."

„Frankie, da gibt es nichts zu überlegen. Das sind zwei Paar verschiedene Schuhe, oder?"

„Ellen, lass Rosie da raus!"

„Frankie, ich versuche jetzt mal Deiner Logik zu folgen. Nehmen wir einmal an, ich hätte den Pachtvertrag wirklich als Druckmittel genutzt. Einfach nur einmal angenommen. Was ich nicht habe. Aber einfach nur einmal angenommen. Das würde ja im Umkehrschluss bedeuten, dass Du mich mit Deinem Verhalten mir gegenüber darin beeinflussen könntest, wie ich mich der tätowierten Schlampe gegenüber verhalte. Habe ich

Dich richtig verstanden, Frankie? Ist es das, was Du glaubst, Frankie?"

„Sag nicht immer tätowierte Schlampe! Sie heißt Rosemarie!", unterbrach Frank Reiser trotzig.

„Was würde das denn Deiner Meinung nach bedeuten, Frankie?", ignorierte Ellen Steiger seinen Einwurf und lächelte ihn an.

„Ich weiß nicht, worauf Du hinaus willst, Ellen?"

„Frankie, Klartext! Du nimmst also an, ich hätte in der alten Post in meiner Wohnung eine Flasche Champagner kalt gestellt, Du gehst mit mir dorthin, verwöhnst mich und ich ziehe meine Kündigung für das Jackies zurück. Glaubst du das wirklich? Dass das so zusammen hängt? Frankie, glauben heißt, nicht zu wissen."

Frank Reiser war sprachlos.

„Zahlen, bitte!", rief Ellen Steiger der Bedienung zu.

Sie beglich ihre Rechnung und verließ das Stadtcafe durch den Seitenausgang, der hinaus zur Sulzgasse führte. Frank Reiser stand ebenfalls auf und folgte ihr. Ellen Steiger hatte ihren Wagen auf dem kleinen Parkplatz „An der Mauer" abgestellt. Als sie rückwärts ausparkte und wendete, hielt sie kurz an, um Frank Reiser einsteigen zu lassen. An der Klostergasse bog sie nach links ab. Sie folgte der Spitalstraße und der Oberen Straße bis zur Ampelkreuzung und fuhr nach links über den Sebastiansgraben zum Hotel zur alten Post. Sie parkte den Wagen in der Tiefgarage auf dem für sie reservierten Stellplatz und ging zusammen mit Frank Reiser zum Aufzug. Auf Höhe der obersten Etage verließen sie den Lift und gingen zu Ellen Steigers Privaträumen.

Frank Reiser kam sich vor wie in Trance. Oder wie ein Lamm, das zur Schlachtbank geführt wurde. Er hatte keine andere Wahl. Glauben heißt, nicht zu wissen, hatte Ellen Steiger zu ihm gesagt. Er wusste es wirklich nicht.

Ellen Steiger öffnete die Tür zu ihrer Wohnung. Sie legte ihren Schlüsselbund auf die Kommode in der Diele. Frank Reiser zog die Eingangstür hinter sich zu. Er war noch niemals hier oben gewesen. Mit verhaltener Neugier blickte er sich im Wohnzimmer um, dass mit seiner Größe von geschätzten fünfzig Quadratmetern Wohnfläche nicht gerade klein ausgefallen war. An der geschmackvollen und Stil sicher ausgewählten Inneneinrichtung konnte man auf den ersten Blick erkennen, dass Ellen Steiger viel Wert auf die Ausstattung ihres Wohnumfeldes legte und sich auch selbst teure Accessoires leisten konnte und wollte.

„Frankie, machst Du den Champagner auf?", fragte sie und drückte Frank Reiser die gekühlte Flasche in die Hand, die sie soeben aus dem Kühlfach der Hausbar geholt hatte.

„Ich ziehe mich kurz um. Bin gleich wieder bei Dir, Frankie", hauchte sie und verschwand in Richtung ihres Schlafzimmers, an welches ein Badezimmer angrenzte. Frank Reiser schloss dies aus dem Geräusch fließenden Wassers, dass er kurz darauf hören konnte.

Wenig später „erschien" Ellen Steiger wieder. Sie trug nun unter einem hauchdünnen seidenen Morgenmantel eine aprikosenfarbene BH-Slip-Garnitur und feine Strümpfe, die bis an die Mitte ihrer Oberschenkel reichten. Frank Reiser konnte den Parfümnebel, der sie nun umgab, bereits riechen, bevor sie aus dem Schlafzimmer kam. Sie ging auf ihn zu, legte ihre Unterarme auf seine Schultern und blickte ihm tief in die Augen.

„Frankie, schenkst Du bitte den Champagner ein?", hauchte sie ihm in sein linkes Ohr.

Frank Reiser fuhr mit seinen Händen zwischen ihre Unterarme und löste sich so aus ihrer Umarmung.

„Du hast Recht, Ellen. Alles rein geschäftlich zwischen Dir und Rosemarie", rief er ihr noch zu, bevor er die Wohnungstür hinter sich verschloss.

22 Rindelbach (13. Juli 2010)

Thomas Reiser hatte aus dem Laden eine Lederjacke und einen passenden Motorradhelm für seinen Bruder geholt. Seine Harley-Davidson startete mit dem ersten Druck auf den Anlasserknopf. Thomas und Frank Reiser fuhren aus dem Gewerbegebiet Neunheim an der Schönenbergkirche und dem Kressbachsee vorbei nach Rindelbach zum Fundort der Leiche.

Roland Richter wurde verdächtigt, war aber seit zwei Tagen verschwunden. Untergetaucht, wie die Polizei vermutete. Ob diese Vermutung die einzige Spur im Fall Martinez war, würde Frank Reiser um 14.00 Uhr bei der nächsten Pressekonferenz erfahren. Bis dahin hatte er noch ein bisschen Zeit, mit seinem Bruder Thomas nach Rollo zu suchen, wie Roland Richter von seinen Freunden nur genannt wurde.

An der Bäckerei bog Thomas Reiser nach links ab und folgte ab der Bahnunterführung der Kellerhausstrasse. Auf der Jagstbrücke hielt er kurz an. Von der Brücke aus konnte man etwa dreihundert Meter flussabwärts die Fußgängerbrücke über die Jagst sehen, in deren unmittelbarer Nähe die Leiche von Carlos Martinez, dem Spanier, gefunden worden war.

Thomas Reiser fuhr entlang des Brückenweges weiter, lenkte dann sein Motorrad in Richtung der Kübelesbuckhalle, durchquerte das Neubaugebiet im Wannenfeld und kam über die Kellerhausstraße wieder zur Jagstbrücke zurück. Nichts von Roland Richter zu sehen. Sie hatten auch nicht erwartet, ihn zu finden. Aber eine kleine Spur hatten sie sich doch insgeheim erhofft.

„Wir fahren nochmals alles ab und suchen dann auf den Wirtschaftswegen Richtung Schönau weiter", schlug Thomas Reiser seinem Bruder vor.

Frank Reiser hatte keinen besseren Vorschlag zu machen. Thomas startete seine Harley wieder und tuckerte dieses Mal in Schrittgeschwindigkeit den Brückenweg bis zum Fundort der Leiche. Sie hielten dort kurz an, um einen Blick auf die Örtlichkeiten zu werfen. Frank Reiser tat dies auch aus journalistischer Neugier, da er ja am Abend den nächsten Bericht über den Fall Martinez bei der Redaktion der Ipf- und Jagst-Zeitung in der Aalener Straße abliefern musste.

„Schönes Motorrad!", hörten sie plötzlich eine ältere Stimme sagen.

Herbert Kimmel war bei ihrer ersten Runde noch nicht zu sehen gewesen. Seine Neugier hatte ihn wohl nun aus seinem Bauernhaus gelockt.

„Schönes Motorrad!", wiederholte er, da auf seinen ersten Anruf keine Reaktion gekommen war.

„Ja, schönes Motorrad", entgegnete Thomas Reiser, der als Erster seinen Helm abgenommen hatte.

Thomas und Frank Reiser kannten Herbert Kimmel seit ihrer Jugend. Herbert Kimmel war in Rindelbach so etwas wie der „Dorfdepp". Niemand nahm ihn für voll. Er musste jetzt so um die sechzig Jahre alt sein. Wie die Reiser-Brüder wussten, hatte die Mutter Kimmel während der Schwangerschaft Röteln gehabt. Diese Erkrankung hatte sich auf ihr ungeborenes Kind negativ ausgewirkt. Herbert Kimmels Gehirn konnte sich nicht richtig entwickeln. Vom Anfang seines Lebens an war er deshalb in seiner Persönlichkeitsentwicklung stark zurück geblieben. Er konnte zwar eine Sonderschule besuchen und Lesen und Schreiben erlernen, fand sich aber ohne die Hilfe seiner Eltern nur sehr schwer zurecht. Zum Glück besaß Herbert Kimmel ein freundliches und gutmütiges Wesen und war in Rindelbach bei der Nachbarschaft gut gelitten.

„Gefällt Dir mein Motorrad, Herbert?", wollte Thomas Reiser von ihm wissen.

„Schönes Motorrad. Schönes Motorrad. Auch schönes Motorrad. Auch schönes Motorrad. Herbert auch schönes Motorrad", antwortete Herbert Kimmel.

„Ja, der Herbert möchte auch ein schönes Motorrad. Willst Du Dich draufsetzen?", bot Thomas Reiser an.

„Schönes Motorrad. Schönes Motorrad. Auch schönes Motorrad. Auch schönes Motorrad. Herbert auch schönes Motorrad", wiederholte Herbert Kimmel.

„Ja, der Herbert möchte auch ein schönes Motorrad. Willst Du Dich draufsetzen?", wiederholte sich auch Thomas Reiser.

„Schönes Motorrad. Schönes Motorrad. Auch schönes Motorrad. Auch schönes Motorrad. Herbert auch schönes Motorrad", wiederholte Herbert Kimmel ein weiteres Mal.

„Was meinst Du denn damit, Herbert? Hast Du auch ein so schönes Motorrad?", schaltete sich nun Frank Reiser ein.

„Ja, Herbert schönes Motorrad", kam es zurück.

„Aber Herbert kann doch gar nicht Motorrad fahren. Der hat doch kein Motorrad", warf Thomas Reiser ein.

„Doch! Herbert schönes Motorrad!", empörte sich Herbert Kimmel.

„Ach so. Herbert hat auch ein schönes Motorrad. Wo hast Du das denn her, Herbert?", fragte Frank Reiser im kindlichen Tonfall von Herbert Kimmel.

„Herbert nur aufpassen. Nicht fahren", antwortete Herbert Kimmel.

„Für wen passt Du denn auf sein Motorrad auf?", ging Frank Reiser auf Herbert Kimmels Bemerkung ein.

„Der Rollo. Der Rollo", stammelte Herbert Kimmel.

„Für den Rollo passt Du auf ein schönes Motorrad auf? Für den Rollo? Wo ist denn das Motorrad? Zeigst Du es uns, Herbert? Das Motorrad vom Rollo ist ganz schön. Du passt sicher gut darauf auf."

„Herbert gut aufpassen. Schönes Motorrad", stammelte er.

„Aber uns zeigst Du es sicher. Du weißt doch, wir sind Freunde von Rollo. Du kennst uns doch. Wir wohnen da drüben in der Schönauer Straße. Du kennst doch noch unseren Vater. Der hat Dich doch mal aus der Jagst gefischt, als Du hineingefallen bist."

„Jagst hineingefallen. Auto. Jagst hineingefallen. Rollo. Auto. Jagst hineingefallen", stammelte Herbert Kimmel.

„Ja, unser Vater hat Dich aus der Jagst herausgezogen, als Du hineingefallen bist."

„Ja, herausgezogen. Auto. Rollo. Jagst hineingefallen."

„Ja, Herbert. Zeigst Du uns jetzt Dein Motorrad, auf das Du für den Rollo aufpasst?"

„Ja, herausgezogen. Auto. Rollo. Jagst hineingefallen."

„Ja, Herbert. Ist gut! Zeigst Du uns jetzt Dein Motorrad, auf das Du für den Rollo aufpasst? Du kennst uns doch? Wir sind Freunde vom Rollo. Wir wollen das Motorrad nur anschauen. Ja?"

„Ja, herausgezogen. Auto. Rollo. Jagst hineingefallen", stammelte Herbert Kimmel weiter, als er in Richtung Scheune ging.

Er öffnete das Schloss am Scheunentor und entriegelte den linken Flügel des Tores. Frank und Thomas Reiser folgten ihm in die Scheune. Da stand die Harley von Roland Richter. Thomas Reiser erkannte das Motorrad sofort. Er ging um die Harley herum, konnte aber keine Auffälligkeiten entdecken. Er öffnete die linke Satteltasche. Sie enthielt nur eine kleine Rolltasche mit dem Bordwerkzeug. Er öffnete die rechte Satteltasche. Thomas Reiser stutzte kurz und zog einen Umschlag aus der Satteltasche. Er holte ein Bündel Geldscheine daraus hervor. Flüchtig zählte er das Geld.

„Das müssen um die fünftausend Euro sein", gab Thomas Reiser das Ergebnis bekannt.

„Woher hat der Rollo soviel Geld? Der ist doch ständig pleite. Und wenn er Kohle hat, steckt er die in das Customizing seiner Harley oder unterstützt Thea."

„Ich habe keine Ahnung", antwortete Frank Reiser.

„Herbert aufpassen", mischte sich Herbert Kimmel in das Gespräch der Brüder ein.

„Ja, Herbert gut aufpassen. Schönes Motorrad", lenkte Thomas Reiser Herbert Kimmel ab, während Frank Reiser so tat, als steckte er den Geldumschlag zurück in die Satteltasche.

Unbemerkt verstaute er jedoch das Geld in seiner Lederjacke und ging voraus aus der Scheune.

„Gut zusperren, Herbert. Gut aufpassen", bestätigte Thomas Reiser, als Herbert Kimmel das Vorhänge-schloss am Scheunentor zudrückte und strahlte.

Sie hatten Rollo nicht gefunden. Aber sein Motorrad. Rollo wäre nie ohne sein Motorrad geflüchtet, sollte er den Spanier umgebracht haben. Soviel war für die Brüder sicher. Also war umgekehrt für sie sicher, dass Roland Richter die Tat nicht begangen haben konnte. Sonst war gar nichts sicher. Die Spur verlief zunächst im Sande.

„Wir fahren zurück nach Neunheim", schlug Thomas Richter vor.

Wenige Minuten später gab Frank Richter Helm und Jacke zurück und fuhr mit seinem Wagen nach Ellwangen zur Pressekonferenz.

Auf dem Weg zu seinem Platz hatte Frank Reiser seinen Freund Matthias Zabert gefragt, ob es etwas Neues gäbe, ihm den Fund des Motorrads von Roland Richter aber verschwiegen.

„Meine Damen und Herren, ich darf Sie wieder recht herzlich zur Pressekonferenz begrüßen", begann Poli-zeioberrat Karl Geiger seine einführenden Worte.

„Die Herren links und rechts neben mir kennen Sie bereits. Ich möchte daher gleich die wichtigsten neuen Fakten im Fall Martinez bekannt geben. Zur Person des Opfers gibt es wenig neue Informationen. Wie schon gesagt, handelt es sich bei Carlos Martinez um einen spanischstämmigen Deutschen mit Erstwohnsitz in Stuttgart. Er war gelernter Koch, hat bis vor zwei Jahren ein eigenes Lokal betrieben, das aber in die Insolvenz ging. Er ist nicht verheiratet. Seine nächsten Angehörigen, seine Eltern, sind bereits gestern durch die Stuttgarter Kollegen benachrichtigt worden. Ihre erste Einvernahme hat keine Erkenntnisse zur Tat erbracht. Die Fahndung nach den niederländischen Fußballfans, mit denen Carlos Martinez am Sonntagabend in Rindelbach gesehen worden und möglicherweise in einen Streit geraten ist, verlief bisher ohne Ergebnis. Momentan verfolgen wir noch eine zweite Spur. In diesem Zusammenhang suchen wir nach Roland Richter, einen Berufskraftfahrer aus Ellwangen. Er ist für uns möglicherweise ein wichtiger Zeuge zum Tathergang. Roland Richter ist jedoch seit Sonntagabend verschwunden. Aus ermittlungstaktischen Gründen kann ich dazu momentan nicht mehr sagen. Roland Richter oder Personen, die etwas über seinen Aufenthaltsort sagen können, mögen sich bei der Polizei melden. Alle Informationen werden natürlich vertraulich behandelt. Ich darf Sie bitten, in Ihren Berichten einen entsprechenden Aufruf zu veröffentlichen. Gibt es zu meinen Ausführungen Fragen, meine Damen und Herren?"

„Haben Sie schon das Ergebnis der Obduktion, Herr Geiger?", wollte Bernhard Brecht von der Schwäbischen Post wissen.

Frank Reiser hatte diese Frage erst gar nicht gestellt.

„Nein. Wir rechnen mit dem Ergebnis erst heute Abend oder morgen Vormittag", antwortete Polizeioberrat Geiger.

23 In der Jagst (13. Juli 2010)

Roland Richter war müde, konnte aber in seinem unbequemen Gefängnis nicht schlafen. Deshalb war er nur kurz weggedöst. Wie kurz oder lang kurz war, konnte er nicht beurteilen.

Durch einen Ruck seines Gefängnisses wurde er wieder wach. Das Auto hatte sich bewegt. Roland Richter hatte das Gefühl, dass der Vorderwagen leicht rhythmisch wippte und der Kofferraum diese Bewegung synchron mitmachte.

„Was hatte das zu bedeuten?", schoss es Roland Richter durch den Kopf.

Er hatte nur eine Erklärung dafür. Das Auto stand nicht in der Nähe eines fließenden Gewässers, sondern wahrscheinlich teilweise in einem fließenden Gewässer. Bisher war der Bug des Mercedes-Benz anscheinend fixiert gewesen, jetzt plötzlich nicht mehr. Roland Richter dachte nach. Er kannte die Jagst. Er nahm an, dass der Wagen an oder teilweise in der Jagst stand. Die Jagst mäandrierte die meiste Zeit im Jahr gelangweilt durch ihr Tal in Richtung Crailsheim. Nur bei lang anhaltenden Regenperioden oder zur Schneeschmelze im Frühjahr kam etwas Bewegung in das beschauliche Flüsschen. Wird aber ein Flussbett künstlich verengt, verändert sich dadurch auch die Fließgeschwindigkeit.

Das konnte bedeuten, dass der Mercedes, in dessen Kofferraum Roland Richter gefangen war, sich als Hindernis dem natürlichen Verlauf der Jagst in den Weg stellte. Und der Fluss sich dadurch zur Wehr setzen konnte, indem er einfach an der Stelle seine Fließgeschwindigkeit erhöhte und das Hindernis unterspülte. Die Wippbewegung des Fahrzeugs konnte ein Indiz dafür sein, dass dies der Jagst inzwischen schon gelungen war.

„Was kam dann?", fragte sich Roland Richter.

Er kannte die Antwort bereits, da schon etwas kaltes Wasser in den Kofferraum eingedrungen war. Noch hatte Roland Richter es nicht geschafft, den Boden des Kofferraums zu öffnen, um an den Wagenheber heranzukommen. Mit einem kräftigen Tritt gegen den Behälter für das Bordwerkzeug hatte er zwar dessen Deckel zum Bersten gebracht. Die kleinen Werkzeugteile, die herunterpurzelten, sahen aber nicht danach aus, dass sie für einen Ausbruchsversuch brauchbar wären.

Nachdem seine Hose mit dem kalten Wasser benetzt worden war, intensivierte Roland Richter seine Bemühungen, den Kofferraumboden aufzubekommen. Eine etwa zwanzig Mal zwanzig Zentimeter große Ecke der Holzplatte hatte er schon abbrechen können. Die Öffnung gab aber immer noch nicht den Zugriff auf den Wagenheber frei.

Seine Stirn schmerzte wieder, als er unbeabsichtigt mit dem Kopf an den Kofferraumdeckel schlug. Langsam kam die Erinnerung zurück. Roland Richter hatte sich mit Carlos Martinez in Rindelbach getroffen. Nicht ganz zufällig. Gemeinsam hatten sie sich an verschiedenen Tischen in der Sportgaststätte das Endspiel der Fußballweltmeisterschaft angeschaut. Nach der Halbfinalniederlage gegen Spanien fand das Finale ohne die deutsche Nationalmannschaft statt.

Roland Richter war deshalb am Tag davor zur Hocketse des Liederkranzes Rindelbach gegangen. Im Innenhof der Grundschule hatte der Liederkranz seine alljährliche Hocketse veranstaltet und dieses Jahr eine Leinwand aufgebaut, auf der das Spiel um den dritten Platz geschaut werden konnte. Die Rindelbacher Dorfvereine versammelten sich dort wie jedes Jahr fast vollzählig. Auch der Motorradclub Rindelbach war mit einer starken Abordnung vertreten gewesen. Thomas Reiser, der Clubvorstand der Rindelbacher Biker, hatte für jedes Clubmitglied einen halben Hitzkuchen und zwei Freigetränke auf Kosten des Clubs ausgegeben. Glücklicher Weise konnte die deutsche Mannschaft ihr Spiel gegen Uruguay gewinnen und den dritten Platz bei der WM in Südafrika erringen. Bis 01.00 Uhr waren die Biker noch bei der Hocketse gesessen und hatten dieses Ergebnis feuchtfröhlich gefeiert.

Am Sonntagmorgen hatte sich der harte Kern der Rindelbacher Motorradfahrer erneut im Innenhof der Grundschule eingefunden, um zum Jazzfrühschoppen des Liederkranzes zu kommen. Roland Richter hatte ein Paar Weißwürste gegessen und ein Weizenbier getrunken. Eine vierköpfige Band hatte jazzige Sachen, aber auch bekannte Oldies gespielt. Sie hatten sich alle gut amüsiert, da das Wetter freundlicher Weise so gut mitgespielt hatte, dass alle um die aufgespannten Sonnensegel froh waren, die über den Biertischgarnituren auf der Freifläche etwas Schatten erzeugten.

„Frankie, komm auf die Bühne!", rief Gisela Mohn plötzlich zum Tisch der Biker herüber, an dem auch Frank Reiser, der jüngere Bruder des Clubvorstandes Platz genommen hatte.

„Nein. Ich will nicht!", antwortete Frank Reiser in Richtung Bühne.

„Frankie! Frankie! Frankie!", skandierten alle Motorradfahrer plötzlich, um Frank Reiser zu überreden, seine Absage zu überdenken.

„Nein. Ich will nicht!", antwortete Frank Reiser erneut.

„Frankie! Frankie! Frankie!", skandierten die Biker weiter.

„Ist ja gut! Ist ja gut!", gab sich Frank Reiser geschlagen und ging nach vorne zu Gisela Mohn, die ihm gleich ein Mikrophon in die Hand drückte.

Vor vielen Jahren hatte Frank Reiser zusammen mit Gisela Mohn in der fünfköpfigen Band Bluesky gespielt.

Frank Reiser spielte damals Gitarre und sang auch oft im Duett mit Gisela Mohn. Gisela war mittlerweile Ende Fünfzig, sah immer noch verdammt gut für ihr Alter aus und konnte mit ihrer Stimme ein Publikum verzaubern. Bevorzugt ein männliches Publikum.

Mit einem leisen Fingerschnippen gab sie den Takt für ihre Bandkollegen vor. Sogleich streichelte der Keyboarder sanft seine Tasten und intonierte das Vorspiel zu „The next time I fall", einem alten Song in der Version von Peter Cetera und Amy Grant. Peter Cetera war heute Frank Reiser, Amy hieß heute Gisela. Mit rauchiger, sexy Stimme hauchte sie ihren Part des Liebesliedes ins Mikro und blickte Frank Reiser dabei tief in seine blauen Augen. Fast alle Anwesenden wussten, dass sie diesen verliebten Blick nicht zu spielen brauchte. Allein Frank Reisers Auszug in die weite Welt hatte seine Musikerkarriere und zugleich die Liaison zwischen dem jungen Sänger und der älteren Sängerin beendet. Kein Streit, kein Nachtreten. So wie Erwachsene eine lose Liebesbeziehung beenden. Gisela war damals schon erwachsen. Für Frank Reiser war es nicht so einfach gewesen. Mehrere Wochen hatte er wie ein Hund gelitten. Darüber hatte er auch nie den Einstieg in sein Medizinstudium gefunden. Erst als ein Jahr vergangen war, hatte er Gisela verdrängt. Vielleicht half ihm auch, dass er seine beiden Gitarren in einem Wutanfall zertrümmert hatte? Vielleicht half ihm damals auch seine neue Liebe zu Juliette? Frank Reiser hatte schon lange nicht mehr an die zärtlichen Berührungen von Gisela Mohn gedacht. Bei „The next time I fall" kam das alles wieder in ihm hoch. Auch er wurde bei seiner Strophe wieder weich. Wie damals. Und weich wurde auch seine Stimme. Mit jedem Wort, jedem Satz, jeder Strophe wurde seine Stimme anschmiegsamer. Mit jedem Wort, jedem Satz, jeder Strophe verschmolz seine Stimme mehr mit der Stimme von Amy Grant. Frank Cetera und Gisela

Grant waren für ein Lied lang wieder das Liebespaar Frank und Gisela. Genau das hatte vor Jahren den Reiz von Bluesky ausgemacht. Genau das hatten die Fans der Gruppe geliebt. Der Saxophonist unterstrich mit seinem Spiel zusätzlich die melancholische Stimmung des Songs. Am Ende des Liedes küsste Amy Mohn unter dem Beifall des Motorradclubs Rindelbach Peter Reiser in einer zärtlichen Umarmung. Frank Reiser war von sich selbst und der Situation so gerührt, dass er eine Träne verdrücken musste. Der schnelle Wechsel zum nächsten Lied erlöste ihn aber sogleich aus dieser Lage. Der Rhythmus von „Don´t go breaking my heart", dem Klassiker von Elton John und Kiki Dee, ließ Frank Reiser gar keine Zeit zu überlegen.

Der Gitarrist schlug kräftig in die Saiten und folgte dem Tempo des Drummers mühelos. Etwas mehr Mühe hatte Frank Reiser, da er nicht ganz textsicher war und gar nicht so schnell auf das Blatt auf dem Notenständer schauen konnte, als das Lied an Fahrt aufgenommen hatte. Gisela Dee überspielte die Schwäche ihres Partners Elton Reiser aber mit ihrer Bühnenpräsenz mühelos.

Frank Reiser glaubte sich nach diesem Lied erlöst, hatte die Rechnung aber ohne die Rindelbacher Biker gemacht.

„Zugabe! Zugabe! Zugabe!", riefen sie und klopften rhythmisch mit den Händen auf die Biertische, sodass die Teller und Gläser darauf zu hüpfen begannen.

Etwas weniger enthusiastisch, aber nicht weniger rhythmisch klatschten die anderen Gäste des Jazzfrühschoppens mit den Händen. Frank Reiser musste auf der Bühne bleiben. Gisela Mohn blickte ihm erneut tief in die Augen und flüsterte ihm „Somethin´ stupid" ins Ohr, den Titel des Sinatra-Klassikers. Gisela wollte heute Nancy, Frank sollte Frank Sinatra sein. Nach dem letzten Ton des Liedes stand das Publikum und klatschte wild Beifall.

„Warum hast Du das aufgegeben, Frankie?", hauchte Gisela Mohn.

Ohne die Frage zu beantworten, sprang Frank Reiser mit einem Satz von der Bühne und ging zurück zum Tisch der Rindelbacher Biker. Er setzte sich aber nicht, sondern drückte nur seinem Bruder einen Geldschein in die Hand und verließ eilig den Jazzfrühschoppen. Gisela Mohn lief ihm bis zu seinem Wagen hinterher.

„Frankie, Du gehst doch nicht meinetwegen?"

„Nein, Gisela. Ich wollte vorhin schon weg. Aber die anderen wollten mich ja unbedingt singen sehen."

„Wie in alten Zeiten, Frankie. Du hast nichts verlernt."

„Nichts verlernt? Bei den Liedtexten dachte ich eher das Gegenteil. Aber Du hast mich mitgerissen."

„Ich sag ja. Wie in alten Zeiten. Du kannst gerne mal wieder bei der Band vorbeischauen. Einen Sänger, wie Dich, können wir jederzeit gebrauchen."

„Gisela, das ist lieb von Dir. Aber ich habe nicht die Zeit dafür."

„Frankie, überlege es Dir. Wir beide ergänzen uns auf der Bühne glänzend. Das hat man gerade wieder gesehen und gehört. Und das Publikum ist so begeistert wie früher."

„Nein, Gisela. Ich denke nicht."

Von diesem Gespräch zwischen Frank Reiser und Gisela Mohn hatte Roland Richter natürlich nichts mitbekommen, sondern nur Gisela Mohn zurück auf die Bühne gehen sehen, wo sie gleich wieder mit dem nächsten Song loslegte.

Bedrohlich holte Roland Richter das Schaukeln des Wagens in seine Realität zurück. Der Wasserstand im Kofferraum war schon wieder angestiegen.

24 Ellwangen (3. Juli 2010)

Carlos Martinez hatte sich an diesem Tag eine Menge vorgenommen. Nach dem Frühstück in der alten Post fuhr er in das Gewerbegebiet Neunheim, um im Kaufland die Zutaten für sein Abendessen einzukaufen. Gegen 11.30 Uhr hielt er auf dem Rückweg in der Peutingerstraße vor dem Haus von Helga Arendt an. Locker baumelte die Einkaufstasche in seiner rechten Hand, während er die paar Stufen zum Eingang hochstieg. Helga stand bereits in der geöffneten Tür, sodass der spanische Besucher die Klingel nicht betätigen musste.

Helga Arendt blickte kurz über die Schultern von Carlos Martinez, um sich zu vergewissern, ob sie vom Nachbarhaus aus beobachtet würden oder nicht. Da dies offensichtlich nicht der Fall war, fasste sie Carlos Martinez an seinem breiten Hosengürtel und zog ihn schwungvoll ins Haus. Mit einem leichten Fußtritt schubste sie die Haustür ins Schloss. Herzlich umarmte und küsste sie nun ihren Gast.

„Carlos, mein Schatz. Komm rein! Ich hab schon auf Dich gewartet."

„Helga-Baby. Ich kann es auch kaum erwarten", antwortete Carlos Martinez mit seinem spanischen Akzent in der Stimme.

Helga Arendt hatte es offensichtlich noch eiliger gehabt, als Carlos Martinez das erwartet hatte. Im angrenzenden Schlafzimmer nestelte Helga Arendt gleich an seiner Hose herum und öffnete den Hosengürtel. Carlos Martinez unterstützte sie und streifte sich T-Shirt und Hose vom Leib. Seine hellbraunen Slipper waren schon beim ersten Ansturm im Flur stehen geblieben.

Carlos Martinez und Helga Arendt liebten sich trotz der Hitze des Mittags zwei Stunden lang, bis sie schweißnass neben dem Bett liegen blieben. Carlos Martinez ging kurz ins benachbarte Bad. Helga Arendt schlüpfte wieder zurück in das Bett, ohne sich jedoch zuzudecken. Als Carlos Martinez wieder hereinkam, hielt er kurz inne und betrachtete den Körper von Helga Arendt.

„Was tut man nicht für Geld?", dachte er dabei.

Carlos Martinez hatte vor drei Tagen einen weiteren Ortstermin bei dem Comboni-Kloster in Schrezheim gehabt, um sein Projekt voranzutreiben. Der Vertreter der Brauerei hatte den Kontakt zu Helga Arendt hergestellt, die eventuell als Investorin in Frage kommen konnte. Carlos Martinez hatte deshalb zunächst seine Ideen vorgetragen. Der Vertreter der Brauerei hatte dann deren Preisvorstellungen wiederholt, die sich seit dem ersten Treffen nicht verändert hatten. Mit dem Hinweis auf einen anderen Geschäftstermin musste er sich dann gleich verabschieden.

„Sie sehen, Frau Arendt, mein Traum von einer Tapas-Bar in Ellwangen ist ganz konkret. Aber nur in meinen Träumen wird er auch verwirklicht werden. Noch fehlt mir in der Wirklichkeit das Geld dazu."

„Wie groß ist denn die Summe, die noch fehlt, Herr Martinez? Vielleicht kann ich Ihnen helfen?"

„Das wäre schön. Aber ich glaube kaum, dass Sie mir sechzig Tausend Euro leihen werden, nur weil ich einen Traum habe. Sicher nicht."

„Woher wollen Sie das wissen? Vielleicht gerade deshalb? Lassen Sie uns darüber sprechen."

Das Darübersprechen dauerte am folgenden Abend ungefähr vier Stunden. Helga Arendt hatte Carlos Martinez zu einem Abendessen eingeladen. Dabei erzählte er ihr nicht nur von seinem Projekt, sondern auch eine große Geschichte über sein bisheriges Leben.

Helga Arendt war gerührt. Aber auch sie hatte einiges zu berichten. Vor etwa sieben Wochen hatte sie ihren fünfzigsten Geburtstag gefeiert.

Alleine auf einem Kreuzfahrtschiff. Sie war natürlich nicht alleine auf dem Kreuzfahrtschiff gewesen. Zweitausend andere Gäste waren mitgereist, doch für sich genommen war Helga Arendt doch alleine gewesen. Oder besser gesagt: einsam? Sie hatte beim Einchecken der Crew an Bord verboten, ihren Jubeltag öffentlich bekannt zu geben. Das einzige, was sie sich hatte gefallen lassen, war ein Glas Champagner in ihrer Kabine, zusammen mit dem Kapitän. Weitere Feierlichkeiten hatte sie sich verbeten.

Vor zehn Jahren hatte sie ihr Mann wegen einer Jüngeren sitzen lassen. Das Vermögen wurde aufgeteilt und der Anteil von Helga ermöglichte ihr fortan ein sorgenfreies Leben, ohne dafür hart arbeiten zu müssen. Sie musste aber bald feststellen, dass Geld im Leben nicht alles ist. Sie hatte sich im Betrieb ihres Mannes regelrecht abgerackert und ihr Äußeres hatte dem Tribut gezollt. Deshalb waren Avancen neuer Männer bisher Mangelware geblieben.

Durch eine gute Freundin inspiriert, kam sie auf die Idee, die körperliche Liebe von den Herzensangelegenheiten strikt zu trennen. Deshalb „gönnte" sie sich in regelmäßigen Abständen für ihr körperliches Wohlbefinden die Dienste eines einschlägigen Unternehmens mit Sitz in Ulm.

Bei dem Abendessen hatte Helga Arendt bemerkt, dass Carlos Martinez auf ihre Bemerkungen zu seinem Äußeren sehr sensibel reagierte. Schließlich ging das Ganze regelrecht in einen offenen Flirt über.

Sie war völlig überrascht gewesen, wie ausdauernd Carlos Martinez mit ihr im Bett sein konnte. In jener Nacht musste er gar nicht mehr in die alte Post zurück. So ausdauernd waren nicht einmal die Angestellten der Ulmer Firma, wie Helga Arendt im Vergleich rückblickend feststellte. Und sie hatte das Gefühl, dass Carlos Martinez ihr sogar etwas Zuneigung entgegenbrachte und sie nicht nur aus Berechnung vögelte. Carlos Martinez sah das geringfügig anders, was am Ergebnis aber erst einmal nichts änderte.

Er legte sich zu Helga Arendt zurück in das Bett. Sie rückte eng an ihn heran und genoss den Körperkontakt zu dem um fünfzehn Jahre jüngeren Geliebten.

„Heute Abend koche ich Dir etwas Schönes. Vorher gehen wir aber noch Schwimmen. Einverstanden?"

„Ja, mein Schatz", antwortete sie und drückte ihm einen Kuss auf den behaarten Bauch.

Beide sprangen kurz unter die Dusche, wohl wissend, dass das bei der Hitze kaum Erfrischung verschaffte.

Das Thermometer am Eingang zum Kressbachsee zeigte dann auch folgerichtig 32 Grad Celsius an. Im Schatten einer großen Kiefer legten Helga Arendt und Carlos Martinez ihre Decke auf die kurz gemähte Liegewiese.

Mit kräftigen Armzügen durchpflügte Carlos Martinez das 24 Grad warme Wasser im Kressbachsee und schwamm bis zur Dammkrone des künstlich aufgestauten Gewässers. Im seichten Wasser wendete er und glitt mit geschmeidigen Kraulbewegungen in Richtung Helga Arendt, die seinem Tempo nicht hatte folgen können. Sie schwamm im Bruststil und war bemüht, keine nassen Haare zu bekommen.

„Wir treffen uns auf der Decke", rief sie ihrem Liebhaber zu, der sie passierte, ohne auf ihrer Höhe seine Geschwindigkeit zu verringern.

„Carlos, Du siehst toll aus", dachte Helga Arendt, als sie Carlos Martinez dabei beobachtete, wie er dem Kressbachsee entstieg.

„Carlos, lass uns nach Hause fahren. Koch mir etwas zum Abendessen", schlug sie vor.

In der Peutingerstraße angekommen, fuhr sie ihren Wagen in die geräumige Garage.

Erst dort konnte Carlos Martinez aussteigen. In der Küche holte Carlos Martinez die gekauften Zutaten aus dem Kühlschrank. Auf der hölzernen Arbeitsplatte parierte er die Hühnerbrustfilets und zerteilte sie in mundgerechte Stücke. In einer kleinen Pfütze aus Olivenöl briet er das Fleisch in der beschichteten Pfanne rundherum kurz an, holte die Bruststückchen wieder heraus und stellte sie zur Seite. In dem Bratensatz erwärmte er nun hundert Gramm in Streifen geschnittenen Serrano-Schinken, kippte einen kräftigen Schuss Sherry dazu und vollendete das Ganze mit abgezupften frischen Thymianblättern. Zum Schluss legte er das Hühnerfleisch wieder in die Pfanne zurück und schmeckte das Ganze mit Kreuzkümmel, Salz und einer Prise Pfeffer ab.

Helga Arendt hatte ihn die ganze Zeit über dabei beobachtet. Sie nahm einen Teller, auf dem Carlos Martinez eine Portion seines „Hähnchens mit Serrano-Schinken" angerichtet hatte und etwas Weißbrot dazu.

„Das schmeckt aber sehr lecker", lobte sie das Gericht und war sich dabei sicher, dass dies auch anderen Menschen schmecken würde.

„Ich habe es Dir doch gesagt. Wer meine Tapas probiert, kann ihnen nicht mehr widerstehen."

„Das glaube ich gerne. Wer Dich probiert hat, kann Dir auch nicht mehr widerstehen. Ich verstehe immer noch nicht, wie Dein Lokal in Stuttgart Pleite gehen konnte. Sag mir das!"

„Ich weiß es auch nicht. Vielleicht bin ich ein guter Koch, aber ein schlechter Kaufmann?"

„Lass das meine Sorge sein. Ich verstehe davon umso mehr. Ich glaube an Dich und Deine Kochkunst. Lass das Kaufmännische meine Sorge sein."

„Aber es wird lange dauern, bis ich Dir Dein Geld wiedergeben kann. Das kann sehr lange dauern, Helga."

„Mein Schatz. Lass das auch meine Sorge sein. Ich bekomme mein Geld schon zurück."

„Da bin ich mir sicher. Das ist kein Problem, Carlos."

Gegen 19.00 Uhr verließ Carlos Martinez das Haus von Helga Arendt. Als er an der Mittelhof-Straße nach rechts abbiegen wollte, musste er erst warten, bis ein Autokorso an ihm vorbeigefahren war. Aus dem Autoradio hatte er schon gehört, dass die deutsche Nationalmannschaft gerade ihr Viertelfinalspiel gegen Argentinien überraschend deutlich mit 4:0 gewonnen hatte. Die Ellwanger Fans feierten das trotz der Hitze ausgelassen. Alle vorbeiziehenden Autos waren mit mindestens einer Deutschlandfahne geschmückt und die meisten Fußgänger trugen Trikots der deutschen Fußballer von Lahm bis Schweinsteiger. Auch einige Gomez-Shirts konnte Carlos Martinez erkennen, auch wenn es ihm lieber gewesen wäre, wenn Mario Gomez für Spanien spielen würde. Denn genau wie Mario Gomez war Carlos Martinez ein schwäbischer Spanier oder spanischer Schwabe. Im Gegensatz zu Gomez fühlte Carlos Martinez sich in seinem Innersten aber als Spanier.

Deshalb kam „sein" Viertelfinalspiel erst am Abend zur Übertragung, wenn Spanien gegen Paraguay antreten musste. Dieses Spiel wollte er sich aber nicht beim Public Viewing auf dem Marktplatz in Ellwangen anschauen, sondern ungestört bei einer Flasche Rioja auf seinem klimatisierten Hotelzimmer in der alten Post.

„Na, wie läuft es mit dem Comboni-Kloster?", fragte Ellen Steiger ihren Hotelgast, als der gerade die Zahlenkombination am Türschloss seiner Zimmertür eintippte.

Carlos Martinez hatte Ellen Steiger gar nicht gesehen, als er den Hotelflur entlang gegangen war.

„Ich dachte, Du wolltest das Jackies pachten. Hast Du es Dir anders überlegt?"

„Ellen, ich prüfe nur Optionen. Noch ist nichts entschieden. Noch habe ich keinen Vertrag mit der Stadt und der Brauerei."

„Hast Du denn das Geld schon zusammen. Oder musst Du das bei der alten Schlampe erst abarbeiten?", legte Ellen in einem sarkastischen Ton nach.

„Abarbeiten? Wenn Du wüsstest, dass ich die ganze Zeit Geld bei Ture Schäffler abarbeite, würdest Du anders darüber reden", dachte Carlos Martinez.

„Ich arbeite gar nichts ab. Was meinst Du damit?", gab Carlos Martinez zurück.

„Carlos, halt mich nicht für dumm. Du vögelst doch die alte Schlampe nicht, weil sie so schöne Augen hat. Oder stehst Du jetzt mehr auf alte Weiber?"

„Ellen, warum sprichst Du so hässlich von Helga?"

„Carlos, ich weiß Bescheid. Sie gibt Dir das Geld für Dein Lokal. Dafür musst Du sie vögeln. Anders kriegt die doch keinen mehr ins Bett. Da hilft ihr das ganze Geld nicht mehr. So wie die aussieht."

„Ellen, Helga ist schön. Du bist hässlich. Dein Herz ist hässlich."

„Hör doch auf mit dem Gesülze. Hässliches Herz. Dass ich nicht lache. Übrigens. Was machst Du heute?"

„Ich schaue mir das Fußballspiel an. Warum fragst Du?"

„Ich habe etwas besseres anzubieten", sagte Ellen Steiger, die mittlerweile bis auf Tuchfühlung zu Carlos Martinez herangekommen war.

„Das wäre?", fragte er.

Ellen Steiger griff mit ihrer rechten Hand in den Nacken von Carlos Martinez, zog sein Gesicht zu sich heran und küsste ihn leidenschaftlich.

Ungerührt ließ Carlos Martinez das über sich ergehen und trat einen Schritt in sein Hotelzimmer. Ellen Steiger folgte ihm.

„Du hast zwanzig Minuten Zeit, Ellen", sagte Carlos Martinez in ruhigem Ton.

„Wie? Zwanzig Minuten?"

„In zwanzig Minuten fängt das Spiel an."

„Nein Carlos, so läuft das nicht. Zwanzig Minuten."

„Neunzehn", sagte Carlos Martinez ungerührt, nachdem er einen Blick auf die Digitaluhr geworfen hatte.

„Du Schuft!", rief Ellen Steiger und schlug mit ihren Fäusten gegen die Brust von Carlos Martinez.

Die angelehnte Tür fiel laut ins Schloss, als der Körper von Ellen Steiger mit Wucht dagegen knallte. Ihr Kopf brummte. Carlos Martinez beugte sich zu ihr hinunter, packte sie am rechten Unterarm und zerrte sie zum Bett. Er drückte ihr Gesicht in das Kissen, während er sie von hinten nahm.

Als er von ihr abgelassen hatte, schnappte Ellen Steiger nach Luft wie ein Fisch, den man an Land geworfen hatte. Als sie sich wieder etwas gefangen hatte, versuchte sie mit ihren Fäusten auf Carlos Martinez einzuschlagen. Nach zwei Schlägen mit der flachen Hand von Carlos Martinez mitten in ihr Gesicht stellte sie dies jedoch wieder ein. Er packte sie schließlich an den Armen und zerrte sie zur Tür.

„Verschwinde, Ellen! Lass mich in Ruhe! Es kann nicht immer nach Deiner Pfeife gehen."

Heulend lag Ellen Steiger auf dem Boden des Hotelflurs, nachdem Carlos Martinez die Tür wieder zugemacht hatte. Sie konnte die Geräusche der beginnenden Fußballübertragung deutlich hören.

Mit taumelnden Schritten trottete Ellen Steiger zur Aufzugtür. Mit zitternder Hand betätigte sie den Knopf zum Öffnen der Fahrstuhltür. Kurze Zeit später betrat sie ihre Wohnung und schlich in ihr Badezimmer, wo sie sich übergeben musste.

„Du Schwein! Du Schwein! Das wirst Du mir büßen!", sagte Ellen Steiger zu sich selbst.

So war sie schon lange nicht mehr gedemütigt worden.

25 Röhlingen (7. Juli 2010)

„Zeig Deine Hand, Giovanni!", forderte Roberto Ziglione seinen Neffen auf.

Roberto Ziglione hatte im Hinterzimmer seiner Pizzeria „San Luca" in Röhlingen eine Besprechung anberaumt, zu welcher nicht nur einige Gastronomen aus dem Stadtgebiet von Ellwangen, sondern auch aus den anderen Teilorten gekommen waren.

„Zeig Deine Hand, Giovanni!", wiederholte Roberto Ziglione und sah seinen Neffen Giovanni Faustino wie zur Beschwörung mit starrem Blick an.

„Seht her, was sie mit Giovanni gemacht haben! Zwei Finger haben sie ihm abgehackt."

Wie zum Beweis dafür reckte Giovanni Faustino jetzt seine rechte Hand zur Decke. Deutlich konnte jeder Anwesende die Narben an seinem kleinen und seinem Ringfinger erkennen, die beim Annähen der beiden Finger entstanden waren.

„Die Schweine haben ihm zwei Finger abgehackt. Weil mein Schwager Angelo nicht zahlen wollte. Dabei zahlt er schon an Don Vincenzo. Diese Schweine. Aber Don Vincenzo hat es ihnen heimgezahlt!", fuhr Roberto Ziglione fort.

„Und Du bist sicher, dass es dieser Spanier war?", wollte Stavros Chalkidis, der Wirt des Akropolis wissen.

„Ganz sicher! Giovanni hat ihn erkannt", antwortete Roberto Ziglione mit fester Stimme.

„Und Du bist hundert Prozent sicher, Roberto?"

„Hundert Prozent, Stavros! Der Spanier kam in mein Lokal. Aß eine Pizza. Lobte meine Pizza. Wir sprachen über Fußball. Wir hätten beinahe gestritten. Er hat die italienische Nationalmannschaft kritisiert. Er hat gesagt, Spanien wird der Nachfolger von Italien als Weltmeister. Ich habe ihn ausgelacht. Habe gesagt, da werden ja vorher noch die Schweizer Weltmeister."

„Und dann, Roberto?"

„Wir haben ein oder zwei Grappa getrunken. Dann haben wir uns wieder vertragen. Ich habe gesagt, solange die Deutschen nicht Weltmeister werden, können die Schweizer Weltmeister werden. Oder die Spanier. Sollen sie doch."

„Und dann, Roberto?"

„Und dann haben wir über das Essen gesprochen. Er hat mir gesagt, er ist auch Koch. Er hat mir Trinkgeld gegeben. Dann sagte er, dass meine Pizzeria gut laufen würde. Er geht gerne italienisch essen, sagte er. Obwohl natürlich die spanische Küche die beste Küche wäre, meinte er. Wir sind dann wieder in Streit geraten. Ich sagte dann, ich hätte eigentlich nichts gegen die spanische Küche und möchte sie auch nicht mit der italienischen Küche vergleichen. Wir haben dann noch ein oder zwei Grappa getrunken. Er hat mir dann erzählt, er sei in Ellwangen, um dort oder in der näheren Umgebung ein spanisches Lokal zu eröffnen. Ich sagte ihm, dass es bis letztes Jahr in Ellwangen ein spanisches Lokal gegeben hätte, das aber wieder schließen musste. Dann sagte er, dass ein Lokal immer ein Risiko sei. Er kenne eine Pizzeria in Stuttgart, wo der Wirt plötzlich bedroht worden wäre. Und sie hätten sogar seinem Sohn zwei Finger abgehackt, weil er nicht für den Schutz des Lokals zahlen wollte. Er fragte mich, ob es in Ellwangen auch üblich sei, für den Schutz seines Lokals zu zahlen. Ich sagte nein. Dann ging er."

„Genau wie bei mir!", sagte Stavros Chalkidis.

„Und bei mir!", stimmte Dragan Kovac, der Wirt des Schrezheimer Balkangrills ein.

„Und bei mir!", wiederholten mehrere andere Anwesende die Aussage ebenfalls.

„Was hast Du dann gemacht, Roberto?", wollte Stavros Chalkidis wissen.

„Ich habe meinen Schwager Angelo angerufen und ihm die Geschichte erzählt. Er hat mir die beiden Typen beschrieben, die damals das Geld von ihm erpresst haben. Eine Beschreibung passte auf den Spanier. Ich habe dann zu Angelo gesagt, er soll meinen Neffen Giovanni zu mir nach Röhlingen schicken. Das hat er dann gemacht. Als der Spanier wiederkam, saß Giovanni in der Küche. Giovanni, sag! Was hast Du gesehen?"

„Ich habe ihn sofort wieder erkannt. Am liebsten wäre ich in die Gaststube hinaus und hätte ihm seine Finger abgehackt, so wie er das mit mir gemacht hat. Bloß ich hätte seine Finger an die Schweine verfüttert. Aber Onkel Roberto hat mich zurück gehalten."

„Das war vielleicht besser so", mischte sich Dragan Kovac ein.

„Hackst Du einem von diesen Typen die Finger ab, dann kommt er zu zweit wieder und sie hacken Dir die Hände ab. Das geht immer so weiter. Das war in unserem Krieg nicht anders."

„Was meinst Du Dragan?", wollte Stavros Chalkidis wissen.

„Was ich meine? Stavros, wir sind hier nicht in Stuttgart. Aber wir müssen aufpassen, dass wir hier keine Stuttgarter Verhältnisse bekommen. Was glaubt ihr denn, warum wir hier in Ellwangen unbehelligt von diesen Typen unsere Lokale betreiben können?"

Aus ratlos dreinblickenden Gesichtern kam keine Antwort auf diese Frage von Dragan Kovac.

„Bisher hat sich das für die offensichtlich nicht gelohnt. Deshalb haben sie einen Späher geschickt, der die Ellwanger Gegend auskundschaften soll. Dass unsere Lokale nicht schlecht laufen, muss der Spanier schon bemerkt haben. Das können wir nicht ändern. Aber er weiß vielleicht noch nicht, dass wir hier kein Schutzgeld zahlen müssen. Wir müssen dem Spanier und seinen Auftraggebern nur eines klar machen."

„Was denn klar machen?"

„Dass hier schon eine Firma für unsere Sicherheit sorgt und sich da auch nicht dazwischen funken lässt."

„Wie willst Du das anstellen, Dragan?"

„Ganz einfach, wir knöpfen uns den Spanier vor und drehen ihn durch die Mangel!"

„Mama mia, Dragan! Das können wir nicht machen. Dann sind wir genauso wie die!", warf Roberto Ziglione bestürzt ein.

„Roberto, willst Du lieber zahlen oder in Angst leben? Wir haben alle eine Familie. Wir können sie nicht auf Dauer beschützen. Wehret den Anfängen, sage ich."

„Dragan, keine Gewalt! Lieber zahle ich."

„Ja, Roberto hat recht", pflichtete ihm Stavros Chalkidis bei.

„Nein, keine Gewalt!"

„Ich lasse mich nicht einschüchtern. Wenn es sein muss, mache ich das auch ohne Euch. Im Krieg habe ich mich auch nicht versteckt. Wundert Euch aber nicht, wenn Ihr zum Schluss bereut", schloss Dragan Kovac und verließ enttäuscht das „San Luca".

Er hatte zwar noch keinen konkreten Plan, wie er gegen den Spanier vorgehen konnte, wollte sein Schicksal aber nicht in dessen Hände legen, sondern selbst bestimmen. Oder es wenigstens versuchen.

Zurück in Schrezheim ging er auf den Dachboden seines Lokals und kramte eine Holzkiste hervor. Er hatte sie lange nicht mehr in der Hand gehabt. Dragan Kovac öffnete das Schloss und klappte den Deckel nach oben. Die Pistole war in weiches Wachspapier eingeschlagen. Ölig glänzte ihre Oberfläche, als Dragan Kovac das Papier zurückschlug. Mit ein paar gekonnten Bewegungen führte er den Verschluss der Waffe hin und her und überprüfte so die Funktion seiner Waffe. Seit dem Ende des Krieges hatte Dragan Kovac seine Waffe nicht mehr benutzt. Nun war es wieder soweit?

26 Ellwangen (7. Juli 2010)

Der Abend hatte für Frank Reiser und Rosemarie Hertel voller Hoffnungen begonnen. Jetzt, nach dem Abpfiff des Halbfinalspiels Deutschland gegen Spanien, war zumindest die Laune von Frank Reiser im Keller angekommen. Nicht, dass ihn die deutsche Nationalmannschaft enttäuscht hätte. Dazu war er zu wenig glühender Fan. Aber insgeheim hatte er sich doch einen Finaleinzug und die Chance auf den vierten Weltmeisterstern am Trikot der deutschen Nationalmannschaft erhofft. Spätestens seit der 73. Spielminute war diese Hoffnung am Sinken gewesen. Der Spanier Carles Puyol hatte mit einem sehenswerten Kopfballtor seine Mannschaft in Führung bringen können und in der verbleibenden Zeit des Spieles fand die deutsche Mannschaft kein Mittel, um den Spaniern wenigstens den Ausgleich ins Gehäuse zu drücken und eine Verlängerung des Spieles zu erzwingen. Nach dem Abpfiff stand nun fest, dass nach 2008 bei der Europameisterschaft auch 2010 bei dieser Weltmeisterschaft die spanische der deutschen Nationalmannschaft die Grenzen aufgezeigt hatte. Wie die meisten Zuschauer auf dem Ellwanger Marktplatz musste Frank Reiser leider zugeben, dass auch dieses Mal wieder die bessere Mannschaft den Platz als Sieger verlassen hatte. Wie schon in Wien 2008 war Spanien mit den zur Verfügung stehenden Mitteln nicht zu schlagen. Deutschland musste sich mit dem ungeliebten Spiel um Platz 3 begnügen.

„Gehst Du am Wochenende mit zur Hocketse des Liederkranzes?", fragte Frank Reiser seine Begleiterin.

„Nein, ich kann nicht", antwortete Rosemarie Hertel kurz und erhob sich von der Bierbank.

„Schade. Der Liederkranz baut bei der Hocketse am Samstagabend eine Leinwand auf. Da könnten wir uns das Spiel gegen Uruguay anschauen, wenn Du möchtest", redete Frank Reiser auf Rosemarie Hertel ein, während sie schon den Marktplatz hinter sich gelassen hatten und auf dem Weg in Richtung Bahnhof waren.

„Ich kann das Jackies am Samstag nicht alleine lassen. Ich rechne damit, dass viele meiner Stammgäste sich das kleine Finale nicht anschauen wollen und lieber wieder ins Jackies gehen. Vielleicht auch, um ihren Frust runter zu spülen. Diese Einnahme kann ich mir nicht entgehen lassen, Frankie."

„Ja, Rosie. Kann ich verstehen. Tommie geht mit dem Motorradclub hin. Er hat mich gefragt, ob ich mitkomme."

„Geh ruhig hin. Ich hab wirklich keine Zeit."

Frank Reiser und Rosemarie Hertel überquerten die Bahnhofstraße am Zebrastreifen beim Bahnhof und folgten dem Fußgängerweg bis zum Jackies. Mit einem Kuss verabschiedete sich Rosemarie Hertel von ihrem Lebensgefährten und ging in ihr Lokal hinein.

Frank Reiser wartete kurz bis sie verschwunden war und drückte dann die Tür zum Hotel zur alten Post auf. Er ließ die Rezeption links liegen und ging direkt zum Fahrstuhl. Den Weg zur Wohnung von Ellen Steiger kannte er ja mittlerweile. Er blieb vor ihrer Wohnungstür stehen und überlegte.

„War das klug?", grübelte er kurz.

Auf dem Weg zum Jackies hatte er an seine letzte Begegnung mit Ellen Steiger gedacht. Sie hatte ihn verführen wollen. Als Gegenleistung hätte sie die Kündigung an Rosemarie Hertel zurück genommen.

„Vielleicht!", ertappte er sich dabei, Wünsche und Tatsachen miteinander zu vermischen.

Da er Ellen Steiger hatte abblitzen lassen, konnte er natürlich nicht von ihr erwarten, dass sie die Kündigung rückgängig machen würde. Aber zumindest beschwichtigen wollte er sie. Rosemarie Hertel hatte schließlich nichts mit der Beziehung zwischen Ellen Steiger und

Frank Reiser zu tun. Glaubte zumindest Frank Reiser! Und er hatte nach dem verlorenen Fußballspiel noch keine Lust, nach Hause zu gehen und auf Rosemarie Hertel zu warten.

Frank Reiser drückte den Klingelknopf und wartete kurz.

„Vielleicht war sie ja gar nicht zuhause?"

Das Geräusch an der Tür überzeugte ihn augenblicklich vom Gegenteil.

„Hallo, Frankie. Das ist ja mal eine Überraschung. Komm doch rein!"

„Hallo, Ellen. Bist Du alleine?"

„Warum? Gehst Du dann wieder?"

„Ich wollte Dich nicht stören. Es ist schon spät. Ich hätte vorher anrufen können. Ich war gerade auf dem Marktplatz und hab mir das Spiel angeschaut. Rosie musste zurück ins Jackies. Da dachte ich ---."

„Komm endlich herein, Frankie!", forderte Ellen Steiger ihren abendlichen Besucher auf.

Hinter Frank Reiser fiel die Tür leise ins Schloss.

„Der Champagner steht immer noch im Barfach."

„Was meinst Du, Ellen?"

„Der Champagner, Frankie. Stell Dich doch nicht so an. Der Champagner. Darum bist Du doch hier, oder?"

„Der Champagner?"

Ellen Steiger umarmte Frank Reiser und küsste ihn leidenschaftlich. Dieses Mal erwiderte Frank Reiser den Kuss. Willig folgte er ihr ins Schlafzimmer.

Eine Stunde später liebten sie sich noch einmal im Bad. Eigentlich wollte Frank Reiser nur duschen und dann gehen. Was Ellen Steiger aber nicht akzeptieren wollte.

An der Tür blieb Frank Reiser stehen und blickte Ellen Steiger tief in die Augen.

„Nimmst Du die Kündigung zurück, Ellen?"

„Vielleicht? Wenn Du schön brav bist, Frankie."

Ellen Steiger ließ ihn nicht gehen. Ein weiteres Mal fanden sie sich im Schlafzimmer wieder.

Gegen 03.00 Uhr schaute Frank Reiser auf die Digitaluhr neben dem Bett. Ellen Steiger war mit dem Kopf auf seiner Brust liegend eingeschlafen.

„Rosie war sicher schon auf dem Weg nach Rindelbach!", schoss es ihm durch den Kopf.

Behutsam schob er den Oberkörper von Ellen Steiger zur Seite. Er stieg aus dem Bett und zog sich an, ohne zu bemerken, dass Ellen Steiger ihn dabei beobachtete. Sie hatte nicht so tief geschlafen, wie er gedacht hatte.

„Frankie, kommst Du wieder?"

„Ellen, ich muss jetzt los", versuchte Frank Reiser dieser Frage auszuweichen.

„Frankie, Du kommst doch wieder, oder?"

„Vielleicht? Und Du nimmst die Kündigung zurück. Oder, Ellen?"

„Vielleicht?"

„Überleg es Dir gut, Ellen. Ich muss jetzt gehen."

„Frankie, ich weiß, dass Du wiederkommst."

„Ellen, lass Rosie da raus. Nimm die Kündigung zurück!"

„Sonst, Frankie?"

„Nichts sonst!"

„Frankie, sei ein braver Junge. Gib mir noch einen Abschiedskuss. Ich hab keine Lust, mich über geschäftliche Themen zu unterhalten. Gib mir einen Kuss, Frankie!"

„War das nicht eben auch alles geschäftlich, Ellen?"

„Frankie, Du spinnst wohl!", wurde Ellen Steiger plötzlich laut.

„Frankie, ich liebe Dich. Das weißt Du doch!"

„Da bin ich mir bei Dir nicht so sicher, ob Du das immer sauber trennst oder nicht."

27 Rindelbach (14. Juli 2010)

Schweißgebadet wälzte sich Frank Reiser in seinem Bett. Die Bettdecke hatte er längst aus dem Bett geworfen. Frank Reiser hatte nicht nur wegen der Hitze unruhig geschlafen. Viele Dinge im Fall Martinez gingen ihm durch den Kopf. Aber auch im Fall Hertel und im Fall Steiger. Und ob Roland Richter tatsächlich etwas mit dem Fall Martinez zu tun hatte, war ihm auch noch nicht klar geworden. Die Polizei tappte ebenfalls im Dunkeln. Solange man die Holländer nicht vernommen hatte, konnte man diese Spur nicht ausschließen. Solange man Roland Richter nicht gefunden hatte, war er ein Tatverdächtiger. Für die Polizei zumindest. Für Frank Reiser war Roland Richter nicht der Typ dafür, jemanden kaltblütig umzubringen. Selbst im Affekt traute er ihm eine solche Tat nicht zu.

Es war wie ein Eiterpickel, der Juckreiz verursacht und den man aufkratzt. Sobald die Flüssigkeit mit den Keimen herausspritzt, fühlt man sich erleichtert und wohler. Der Körper konnte sich so selbst reinigen. Frank Reisers Eiterpickel hieß Herbert Kimmel.

„Jagst hineingefallen. Auto. Jagst hineingefallen. Rollo. Auto. Jagst hineingefallen", hatte Herbert Kimmel in seinem Traum immer wieder gestammelt.

„Ja, unser Vater hat Dich aus der Jagst herausgezogen, als Du hineingefallen bist", hörte sich Frank Reiser immer wieder antworten.

Plötzlich schreckte Frank Reiser hoch. Es war schon hell draußen. Rosemarie Hertel lag schlafend neben ihm im Bett.

„Was wollte uns Herbert Kimmel sagen?", hatte Frank Reiser im Traum gegrübelt.

Plötzlich war der Eiterpickel geplatzt, die Keime davon gespritzt. Als Herbert Kimmel vor Jahren in die

Jagst gefallen war und Vater Reiser ihn gerettet hatte, war von einem Auto nicht die Rede gewesen. Also musste Herbert Kimmels Satz „Jagst hineingefallen. Auto. Jagst hineingefallen. Rollo. Auto. Jagst hineingefallen" noch eine andere Bedeutung gehabt haben.

Rollo. Auto. Jagst hineingefallen. Rollo. Auto. Frank Reiser verschob die einzelnen Worte immer wieder, um einen Sinn darin zu erkennen. Aber er erkannte keinen.

„Frankie, weißt Du, wie spät es ist?", fragte ihn kurz darauf sein Bruder, nachdem er dessen Nummer gewählt hatte.

Dieselbe Frage hatte ihm Matthias Zabert, den er davor ebenfalls angerufen hatte, bereits gestellt. Und es war beide Male kurz vor 07.00 Uhr gewesen, eine Uhrzeit, zu der keiner von den beiden Angerufenen wach sein wollte.

Gegen 07.30 Uhr hielt Thomas Reiser mit seinem weinroten Toyota Pickup in der Kellerhausstraße vor Frank Reisers Wohnung. Matthias Zabert stieg kurz aus, drückte den Klingelknopf neben dem kleinen Schild mit der Aufschrift „F. Reiser" und wartete an der Haustür, bis Frank Reiser herausgekommen war. Der Pickup setzte sich mit den drei Insassen in Richtung Brückenweg in Bewegung. Vor dem Haus der Familie Kimmel stoppte Thomas Reiser seinen Toyota Geländewagen erneut.

„Guten Morgen, Frank", begrüßte Martha Kimmel Frank Reiser.

„Guten Morgen, Oma Kimmel", antwortete Frank Reiser höflich.

Alle Kinder in Rindelbach nannten Martha Kimmel, die Mutter von Herbert Kimmel, seit Jahren nur Oma Kimmel, da sie immer ein offenes Ohr und regelmäßig Süßigkeiten für die Dorfjugend parat hatte. Aus den Kindern, wie Frank und Thomas Reiser, waren längst Erwachsene geworden, die selbst bereits eigenen Nachwuchs hatten. Der Kosename Oma Kimmel war Martha Kimmel aber geblieben und sie war auch ein wenig stolz darauf. Das entschädigte sie manchmal anscheinend auch ein bisschen dafür, dass ihr eigener Sohn Herbert keine Familie haben konnte und ihre Tochter Hedwig mit ihrem Mann und den zwei Enkeln von Martha Kimmel selten aus Wiesbaden nach Rindelbach zu ihr zu Besuch kamen.

„Ist der Herbert schon auf?", fragte Frank Reiser.

„Der Herbert steht immer schon mit den Hühnern auf. Im Sommer steht er immer schon um halb sechs auf und geht dann gleich in den Stall. Was willst Du denn vom Herbert?"

„Ich muss den Herbert unbedingt sprechen. Er kann uns vielleicht helfen, den Roland Richter zu finden, der seit Sonntag vermisst wird."

„Du glaubst, mein Herbert kann Dir da helfen? Du kennst doch den Herbert. Wie soll das denn gehen? Der Herbert braucht doch selbst ständig Hilfe."

„Oma Kimmel, ich glaube, der Herbert weiß Dinge, von denen er gar nicht weiß, dass er sie weiß."

„Frank, das klingt aber komisch, was Du da sagst. Der Herbert ist ein lieber Junge. Aber der Schlauste ist er noch nie gewesen. Das weißt Du doch. Oder willst Du Dich über ihn lustig machen, wie Ihr das als Kinder oft gemacht habt?"

„Nein, Oma Kimmel! Ich will den Herbert nicht verarschen. Ich muss mit ihm sprechen. Er hat vielleicht etwas gesehen, was der Polizei weiterhelfen kann."

„Ist deshalb der Matthias Zabert dabei?"

„Genau, deshalb", log Frank Reiser.

„Der Herbert ist oben in seinem Zimmer und schaut aus dem Fenster. Das macht er doch so gerne."

„Kann ich hoch zu ihm?"

„Ja, Bub. Geh nur hoch. Du kennst den Weg ja noch."

Frank Reiser stieg alleine die drei Treppen zu Herbert Kimmels Zimmer hoch. Die Tür stand offen. Herbert Kimmel saß auf seinem Stuhl am Fenster.

„Hallo, Herbert! Was machst Du denn Schönes so früh am Morgen?"

„Hallo, Frank! Fenster schauen. Fenster schauen."

„Du schaust aus dem Fenster, Herbert?"

„Ja, Fenster schauen. Fenster schauen."

„Und was siehst Du von Deinem Fenster aus?"

„Fenster schauen. Fenster schauen."

„Darf ich auch mal aus Deinem Fenster schauen?"

„Frank, Fenster schauen", stammelte Herbert Kimmel und machte am Fenster Platz für Frank Reiser.

Frank Reiser schob den Vorhang ganz zur Seite und verschaffte sich einen Überblick über die Aussicht, die Herbert Kimmel von seinem Fenster im dritten Stock aus hatte. Frank Reiser schaute zuerst in Richtung Osten zum Ortskern von Rindelbach hinüber. Er konnte einen Teil der Schönauer Straße einsehen und sogar den Giebel seines Elternhauses ausmachen. Die rechte Grenze seines Blickfeldes bildete die Reithalle des Reit- und Fahrvereins Rindelbach. Dann folgten seine Augen der Bahnlinie, die entlang der Jagst in Richtung Jagstzell und dann nach Crailsheim führte. Vor dem Bahndamm führte jenseits der Jagst ein Wirtschaftsweg nach Norden in Richtung Schönau. Diesen Weg konnte Frank Reiser bis zur Sammelkläranlage einsehen. Danach verschwand er hinter der nächsten Jagstbiegung und den Bäumen, die den Lauf des Flusses markierten. Dieser Wirtschaftsweg war stark frequentiert. Jogger und Radfahrer waren seit Sonntag sicher in Scharen auf dem Weg gewesen. Und die vielen Hunde, die dort Gassi geführt wurden, hätten sicher auch reagiert, wenn dort etwas gewesen wäre. Diese Jagstseite konnte Frank Reiser also getrost vernachlässigen.

Frank Reiser blickte nach links und konnte die Häuser entlang des Kirnbachs gut einsehen. Auch auf dieser Seite der Jagst verlief ein Wirtschaftsweg in Richtung Schönau. Er war aber nicht geteert und daher nicht so stark genutzt. Der schlechte Zustand mit den vielen Schlaglöchern hielt Radfahrer zusätzlich davon ab, auf dieser Seite der Jagst zu fahren. Eine dichte Hecke aus Nussbäumen verdeckte in etwa fünfhundert Metern Entfernung die Sicht. Man konnte danach den Verlauf von Jagst und Feldweg nur noch ab und zu erkennen, wenn sich beide wieder von der Hecke entfernten.

„Herbert, hast Du den Rollo gesehen?"

„Ja, Herbert Rollo Jagst gefallen. Auto. Rollo Jagst gefallen!"

„Herbert, wo? Herbert, wo?"

„Da!", deutete Herbert Kimmel mit dem ausgestreckten Arm in Richtung Nordosten.

Wie zur Unterstützung hatte er den Zeigefinger nach vorne gereckt.

Frank Reiser lief, halb Stufen überspringend, halb stolpernd, die drei Treppen wieder hinunter.

„Kommt, ich habe eine Spur!", rief Frank Reiser und lief zum Wagen.

Kaum, dass alle Drei wieder im Toyota Platz genommen hatten und Thomas Reiser den Motor gestartet hatte, dirigierte Frank Reiser seinen Bruder vom Hof der Familie Kimmel aus auf den Feldweg in Richtung Schönau. Aufgrund der tiefen und beinhart ausgetrockneten Schlaglöcher konnte Thomas Reiser nur eine langsame Gangart anschlagen. Trotzdem erreichten sie nach wenigen Minuten die Nussbaumhecke, die den Blick aus dem Fenster von Herbert Kimmels Zimmer verengt hatte.

„Nicht weiter, Tommie!", wies Frank Reiser seinen Bruder an.

„Da! Fahr da rein!"

Frank Reiser hatte eine kleine Fahrspur entdeckt, die in Richtung Jagst führte. Nach knapp hundert Metern machte die Fahrspur einen Knick nach links. Von der erhöhten Sitzposition des Pickup aus konnte Frank Reiser jetzt bereits das Heck eines schwarzen Mercedes-Benz SLK mit Stuttgarter Kennzeichen sehen. Frank Reiser kannte diese Autonummer. Dieser SLK war der Wagen von Carlos Martinez. Der Mercedes-Benz stand mit dem Bug bis zu den Türen im Wasser. Wegen der Strömung der Jagst wippte der Wagen langsam auf und ab. Das Heck des Wagens ragte noch aus dem Wasser. Das linke Hinterrad hatte sich augenscheinlich in den Wurzeln einer der vielen Erlen verkeilt, die an dieser Stelle am Ufer wuchsen und deren Wurzeln durch das Wasser der Jagst schon leicht unterspült waren.

Thomas Reiser stoppte den Toyota Geländewagen einige Meter vor der Uferböschung und machte den Motor aus.

„Hallo! Hallo!", drang es kurz darauf gedämpft leise aus dem Innern des Kofferraums des SLK.

„Rollo, bist Du das?", fragte Thomas Reiser.

„Tommie? Tommie?"

„Ja, ich bin es. Wir holen Dich da raus. Frankie und Zappa sind auch da. Wir schaffen das gleich. Keine Sorge, Rollo!"

Matthias Zabert versuchte den Kofferraumdeckel zu öffnen. Erfolglos. Anscheinend war der Kofferraum abgeschlossen. Aber wo war der Schlüssel? Matthias Zabert tastete sich vorsichtig an der rechten Karosserieseite des Mercedes-Benz entlang und schaute durch das Fenster der Beifahrertür in den Innenraum. Der Zündschlüssel steckte noch.

Plötzlich ruckte der Wagen und Matthias Zabert wäre beinahe in die Jagst gefallen. Der Mercedes-Benz drehte sich leicht in die Strömung. Die Jagst drückte nun den Vorderwagen noch tiefer unter Wasser. Matthias Zabert hatte wohl mit seinem aufgestützten Körpergewicht das fragile Gleichgewicht gestört, in dem sich Haltekraft der Erlenwurzeln und Zugkraft der fließenden Jagst eben noch befunden hatten. Momentan hatte die Erle das Nachsehen und die Jagst Oberwasser. Im wahrsten Sinne des Wortes. Was auch Roland Richter im Innern des Kofferraumes gleich zu spüren bekam. Er fühlte nämlich das kalte Wasser, das plötzlich den Wasserstand in seinem Gefängnis erhöht hatte. Noch ragte aber sein Körper ab der Brust aus dem kalten Nass.

„Pass auf, Zappa! Du löst das Auto! Dann säuft Rollo ab. Geh da weg!", flehte fast schon Thomas Reiser.

Aber Matthias Zabert hatte die Gefahr bereits selbst erkannt, die Karosserie von seinem Körpergewicht entlastet und war zurück ans Ufer gesprungen.

„Wir müssen ihn mit der Seilwinde fixieren. Sonst können wir den Kofferraum nicht aufmachen."

Nach diesem Vorschlag von Frank Reiser löste sein Bruder Thomas die Arretierung der Winde an der Frontstoßstange seines Toyotas und fädelte das Stahlseil heraus. Nur konnte er es nicht gleich an dem Mercedes-Benz befestigen. Thomas Reiser stieg neben den Wagen in die Jagst, führte das Seilende hinter dem rechten Hinterrad einmal um die Radaufhängung des SLK und fixierte so die Seilwinde am Auto.

Plötzlich war Thomas Reiser weg!

Matthias Zabert, der ihm vom Ufer aus mit dem Stahlseil assistiert hatte, konnte gerade noch erkennen, wie Thomas Reiser kurz taumelte und dann von der Strömung unter den Mercedes-Benz gerissen wurde.

„Tommie! Tommie!", riefen Matthias Zabert und Frank Reiser fast gleichzeitig.

„Hier bin ich!", prustete Thomas Reiser wenige Sekunden später und einige Meter Jagst abwärts.

Er hatte sich an den Wurzeln der nächsten Bäume festhalten können, nachdem er unter dem Mercedes-Benz durchgetaucht und wieder an die Wasseroberfläche zum Luftholen gekommen war. Mit vereinten Kräften zogen ihn die beiden Freunde aus der Jagst. Tropfnass setzte er sich hinter das Steuer seines Toyotas und betätigte die Seilwinde. Er schaffte es zwar nicht, den Mercedes-Benz aus dem Wasser zu ziehen, konnte ein weiteres Abdriften jedoch sicher unterbinden.

Frank Reiser kletterte jetzt nach vorne auf das Dach des Mercedes, um an den Autoschlüssel zu kommen. Die Türen ließen sich aber gegen den Wasserdruck nicht öffnen.

„Wir müssen die Seitenscheibe einschlagen! Rollo, halt durch!", rief Thomas Reiser gegen das laute Fließgeräusch der Jagst an und holte die Verlängerungsstange des Wagenhebers aus dem Werkzeugkasten des Pickup.

Mit zwei trocken angesetzten Schlägen brachte er damit das Glas der Seitenscheibe auf der Fahrerseite des SLK zum Bersten. Nachdem er die größten Glasscherben beseitigt hatte, konnte er gefahrlos nach dem Schlüssel greifen. Zurück am Ufer entriegelte er damit das Kofferraumschloss und öffnete den Kofferraumdeckel. Mit kraftlosem Blick sah ihnen Roland Richter kurz entgegen, bis er reflexartig seine Hände vor seine Augen schlug, da ihn die Morgensonne offensichtlich stark blendete.

Matthias Zabert drückte einige Tasten seines Mobiltelefons.

„Was machst Du da, Zappa?", fragte Frank Reiser überrascht.

„Ich rufe die Kollegen."

„Warum das denn, Zappa?"

„Frankie, ich bin Polizist. Hast Du das vergessen? Rollo ist ein Verdächtiger in einem Mordfall. Das kann ich nicht so einfach ignorieren."

Frank Reiser dachte kurz nach. Sein Freund Zappa hatte wahrscheinlich Recht. Es war sicher das Beste, wenn Roland Richter erst einmal bei der Polizei alles klären konnte. Er hatte sicherlich den Spanier nicht erst umgebracht, sich anschließend im Kofferraum eingesperrt und den Wagen dann in die Jagst gefahren. Technisch war das nicht möglich. Diese Tatsache würde Roland Richter sicherlich gleich entlasten.

Keine zehn Minuten später bogen drei Polizeiautos der Ellwanger Dienststelle in die kleine Fahrspur zur Jagst, an deren Ende ein weinroter Toyota durch ein Stahlseil mit einem schwarzen Mercedes-Benz SLK zu einem seltsamen Pärchen verbunden war. Auf der Ladefläche des Pickup saßen zwei Männer in Unterhosen, Thomas Reiser und Roland Richter, die sich beide ihrer nassen Klamotten entledigt hatten. Ihre Körper waren mittlerweile wieder trocken geworden, da die Morgensonne die Temperatur im Jagsttal um diese Zeit bereits auf 23 Grad hochgetrieben hatte.

„Da haben Sie uns ja schön in die Bredouille gebracht, Kollege Zabert", begann Polizeioberrat Geiger vorwurfsvoll.

„Ich weiß nicht, was Sie meinen, Chef", versuchte Matthias Zabert die Situation zu entschärfen.

„Und Sie verschwinden jetzt erst einmal von hier, Herr Reiser. Und wehe, Sie schreiben darüber auch nur eine einzige Silbe in der Ipf- und Jagst-Zeitung!", legte der Ellwanger Polizeichef in Richtung von Frank Reiser noch eine unmissverständliche Warnung hinterher.

Zu Fuß ging Frank Reiser den knappen Kilometer Strecke zurück nach Rindelbach zu seiner Wohnung. Matthias Zabert war nun im Dienst, Thomas Reiser musste bei seinem Wagen bleiben und Roland Richter wurde als Tatverdächtiger auf das Ellwanger Polizeirevier gebracht, wo er auf seine Vernehmung durch die Beamten der Kripo Aalen warten musste.

Vorläufig konnte sich Frank Reiser noch keinen Reim auf die Geschichte machen. Zumindest hatten sie Rollo gefunden. Und so wie es aussah, war er kein Mörder. Woher er das Geld in der Satteltasche seiner Harley hatte, konnte Frank Reiser sicher auch später noch herausfinden.

Als Frank Reiser in seine Wohnung zurückkam, stand Rosemarie Hertel bereits in der Küche und machte sich Frühstück. Sie hatte bemerkt, dass er das Haus verlassen hatte und konnte anschließend nicht mehr einschlafen, obwohl sie, wie fast jede Nacht, erst spät ins Bett gekommen war. Aber zu viel ging ihr durch den Kopf.

„Wir haben den Rollo gefunden", begann Frank Reiser, bevor Rosemarie Hertel etwas fragen konnte.

„Er war im Kofferraum des Wagens von Carlos Martinez eingesperrt gewesen. Der Wagen stand halb in der Jagst und wäre beinahe abgesoffen. Mit Rollo! Herbert Kimmel hat uns einen Tipp gegeben, ohne dass wir das gemerkt haben. Ich konnte die ganze Nacht nicht schlafen. Wir sind dann zu Herbert hingefahren. Tommie, Zappa und ich. Dann war alles klar. Sie haben Rollo festgenommen. Er ist immer noch Tatverdächtiger. Der Geiger war mächtig sauer auf Zappa. Hat mich auch noch angeschnauzt. Ich hoffe, Zappa bekommt keine Schwierigkeiten wegen mir. Steht mit seinem Chef manchmal auf Kriegsfuss, habe ich den Eindruck. Tommie muss noch dort bleiben, bis sie das Auto geborgen haben, da der SLK noch an der Seilwinde von seinem Toyota hängt. Du hättest das sehen sollen. Der Tommie war plötzlich weg. Wurde von der Strömung weggespült. Ist unter dem Auto durchgetaucht. Zum Glück ist er ein guter Schwimmer. Wir haben ihn dann herausgezogen. War patschnass."

„Was war mit Ellen?", unterbrach Rosemarie Hertel seinen Erzählfluss.

„Was soll mit der Ellen sein?"

„Sie war gestern Abend im Jackies. Sagte, dass jetzt alles in Ordnung wäre. Was meint sie damit, Frank?"

„Das kann ich Dir sagen. Da der Spanier jetzt tot ist, hat sie keinen neuen Pächter mehr für das Jackies. Sie wird sicher die Kündigung zurücknehmen", tat Frank Reiser äußerlich unwissend, war sich innerlich aber selbst nicht ganz sicher, was seine Lebensgefährtin tatsächlich wusste.

„Sie sagte, sie hätte das mit Dir geklärt. Was meint sie damit, Frank?"

„Ich habe mit ihr gesprochen und ihr erklärt, dass sie die Kündigung zurücknehmen soll. Jetzt, wo der Spanier tot ist, stünde die ganze Sache ja in einem ganz anderen Licht da, habe ich ihr gesagt. Ich hatte den Eindruck, dass sie die Kündigung rückgängig machen würde. Wahrscheinlich bekommst Du in den nächsten Tagen das entsprechende Schreiben ihrer Kanzlei. Wenn nicht, spreche ich noch einmal mit ihr darüber. Ich habe ihr auch gesagt, wenn es um finanzielle Dinge ginge, würde ich für Dich bürgen. Sie braucht sich also keine Sorgen um ihre Pacht zu machen."

„Was soll das denn heißen? Ich brauche Deine Bürgschaft nicht! Ich kann gut alleine für meine Pacht aufkommen. Das Jackies läuft ganz gut."

„Aber Schatz, reg Dich doch nicht auf! Ich habe lediglich gesagt, dass ich im Fall der Fälle für Dich einspringen würde. Nicht mehr und nicht weniger."

„Frank, ich möchte das nicht. Sonst meint die noch, wir beide wären nur wegen Deines Geldes zusammen."

„Wie kommst Du denn da drauf? Das meint doch keiner. Das ist doch Schwachsinn, Rosie!"

„Ich komme ohne Dein Geld aus! Das Geld hat mit uns gar nichts zu tun. Aber auch gar nichts!"

Frank Reiser umarmte Rosemarie Hertel, drückte sie fest an sich und gab ihr einen Kuss auf die Stirn.

„Aber das weiß ich doch, Du Dummerchen."

„Hör auf, Frank! Ich bin kein kleines Dummerchen, das von seinem Freund ausgehalten werden muss!"

„Rosie, hörst Du auf! Das sagt doch keiner. Und jetzt reg Dich endlich wieder ab! Wir frühstücken jetzt erst einmal schön und dann sehen wir weiter."

Wie zur Unterstreichung seiner Worte öffnete er den Küchenschrank, holte eine zweite Tasse, einen Teller und ein kleines Messer sowie einen Kaffeelöffel heraus und platzierte alles auf dem Küchentisch. Dort, wo Rosemarie Hertel ihre Frühstücksutensilien bereits stehen hatte. Er drückte den Knopf am Kaffeeautomaten und ließ sich eine Tasse heißen Kaffees brühen.

„Hast Du schon Deine zwei Tassen getrunken, Rosie?", fragte er dann.

„Nein", kam es von ihr zurück.

„Komm, ich mach Dir auch noch eine", antwortete er, nahm ihre Tasse, drückte erneut den Knopf am Kaffeeautomaten und wartete, bis auch diese Tasse mit frischem Kaffee gefüllt war. Wortlos frühstückten sie.

Plötzlich unterbrach ein Handyklingeln die Stille.

„Hallo Zappa, was gibt es?", log Frank Reiser, nachdem er die Stimme von Ellen Steiger erkannt hatte.

„Ja, ich komme nachher bei Dir vorbei. Ja, mache ich. Bis gleich", band Frank Reiser das Telefonat kurz darauf ab.

„Ich muss wieder weg, Rosie. Ich fahr zur Polizei und horche mal bei Zappa, was es an Neuigkeiten gibt. Vielleicht haben die den Obduktionsbericht schon. Den könnte ich für meinen nächsten Artikel gut gebrauchen. Wir sehen uns heute Abend im Jackies. Vielleicht legst Du Dich wieder hin. Du hast sicher noch nicht ausgeschlafen, heute Morgen."

„Das ist vielleicht wirklich eine gute Idee, Frank", gab sie ihm mit auf den Weg, als er die Tür hinter sich zuzog.

28 Ellwangen (9. Juli 2010)

Carlos Martinez war bester Stimmung, als er mit seinem schwarzen SLK in die Peutingerstraße einbog. Vorgestern hatte „seine" Nationalmannschaft die Deutschen mit 1:0 geschlagen und war damit am kommenden Sonntag im Finale der Weltmeisterschaft. So wie sie gespielt hatten, würden sie im Endspiel auch die Holländer besiegen können. Da war sich Carlos Martinez sicher.

Gestern war er ein weiteres Mal mit Vertretern der Stadt Ellwangen und der Brauerei im Comboni-Kloster gewesen und hatte den nächsten Schritt in Richtung eigene Tapas-Bar getan. Es war sein persönliches Halbfinale gewesen. Und mit der Unterstützung von Helga Arendt würde er auch die finanziellen Hürden meistern können. Im Finale stand ihm nur noch Ture Schäffler im Weg, der ihn am Telefon mit einer Art von Neuigkeit konfrontiert hatte, mit der er so nicht mehr gerechnet hatte.

Gerechnet war dabei das Stichwort von Ture Schäffler gewesen. Carlos Martinez war bisher der Meinung, dass er in Kürze bei Ture Schäffler und der Nordin Inkasso schuldenfrei sein würde. Nach Ansicht von Ture Schäffler war das aber nicht der Fall. Haarklein hatte dieser Carlos Martinez beim letzten Kontrollanruf vorgerechnet, was der „Ausflug" nach Ellwangen bisher an Kosten verursacht hatte.

„So wie es aussieht, haben wir Geld in den Sand gesetzt, Carlos", hatte Ture Schäffler seinem Angestellten eröffnet.

Und der Boss der Nordin Inkasso war nicht der Typ dafür, Geld einfach abzuschreiben.

„Ich habe den Eindruck, Du treibst die Dinge nicht mit dem nötigen Nachdruck voran, Carlos. Oder täusche ich mich vielleicht?", hatte Ture Schäffler gesagt.

„Nein Boss, das liegt nicht an mir. In Ellwangen ist einfach nicht genug zu holen. Ich habe alle Lokale abgecheckt. Die meisten Lokale laufen nicht schlecht. Aber der Gesamtumsatz ist überhaupt nicht mit Stuttgart zu vergleichen. Das lohnt den Aufwand nicht", hatte Carlos Martinez versucht, seinen Chef zu beruhigen.

„Carlos, liegt es vielleicht daran, dass Du in Ellwangen ein eigenes Süppchen kochen willst? Ich hörte etwas von einer Tapas-Bar. Das klingt ganz danach, als ob mein Carlos mich über den Tisch ziehen möchte. Was meinst Du, Carlos?"

Carlos Martinez war sprachlos gewesen. Woher wusste sein Chef von seinen Plänen mit der Tapas-Bar? Er hatte geglaubt, vorsichtig genug vorgegangen zu sein. Anscheinend war Ture Schäffler doch dahinter gekommen. Oder hatte ihn jemand verpfiffen? Ellen Steiger? Bei der letzten Aktion im Hotelzimmer war sein Temperament mit ihm durchgegangen. Carlos Martinez konnte es partout nicht ausstehen, wenn Frauen ihm sagen wollten, wo es lang gehen sollte. Auch keine Ellen Steiger! Aber woher kannte sie Ture Schäffler? Carlos Martinez war verunsichert. Dieses Gefühl konnte er auch nicht ausstehen.

„Carlos, jetzt hör mal gut zu! Ich habe keine Lust mehr! Ich habe keine Lust mehr, mir Deine Lügen anzuhören. Mich interessieren Deine Geschichten in Ellwangen nicht. Mich interessiert Ellwangen nicht mehr. Aber mein Geld interessiert mich. Du hast mich zwanzig Tausend Euro gekostet. Alleine das Hotelzimmer war schweineteuer. Und Dein SLK fährt auch nicht von Luft und Liebe. Carlos, Du weißt, ich mag Dich. Gib mir meine zwanzig Tausend Euro und ich vergesse die ganze unsägliche Geschichte. Was hältst Du davon?"

Carlos Martinez wusste genau, was er davon halten konnte. Die Schlinge hatte sich wieder zugezogen. Er hatte kurz geglaubt, Ture Schäffler zu entkommen.

Aber Ture Schäffler hatte ihn wieder in der Hand. Zwanzig Tausend Euro! Bis er diese Summe abgearbeitet hatte, würde es mindestens ein Jahr dauern. Was sollte aus seiner Tapas-Bar in Ellwangen werden? Mit diesem Gegentreffer von Ture Schäffler war Carlos Martinez in Rückstand geraten.

Der Ausgleich fiel in letzter Minute und in der Verlängerung konnte Holland mit 3:2 gegen Uruguay gewinnen. Ein spannendes Spiel. Carlos Martinez hatte dieses Spiel nicht verfolgt. Sein Siegtreffer fiel erst einen Tag später.

„Carlos, ich danke Dir für Dein Vertrauen. Das hatte ich nicht erwartet. Dass es Dir so schlecht ergangen ist, konnte ich ja nicht ahnen", hatte Helga Arendt verständnisvoll kommentiert, nachdem Carlos Martinez ihr die ganze Misere geschildert hatte.

Er hatte keine andere Wahl gehabt, als seiner Geschäfts- und Bettpartnerin reinen Wein einzuschenken. Wie weit er gekommen war, ohne so offen zu Ture Schäffler zu sein, hatte er gemerkt. Und er war auch von Helga Arendt überrascht worden.

„Carlos, ich gebe Dir die zwanzig Tausend Euro und damit kannst Du dann Deine Verbindlichkeiten bei Deinem Chef ablösen. Dann bist Du frei. Frei für Deine Pläne. Frei für…?"

Helga Arendt hatte den Satz nicht zu Ende gesprochen. Sie kannte die Antwort auf mögliche Fragen zu ihrer Beziehung zu Carlos Martinez. Und wollte sich die Situation nicht noch zusätzlich komplizierter machen, als sie bereits war.

Mit diesem Treffer hatte sich Carlos Martinez doch noch für sein Finale qualifiziert. Er musste nur noch Ture Schäffler das Geld geben und dann den Vertrag für die Tapas-Bar unterschreiben. Dann war er sein eigener Herr im eigenen Lokal. Und mit dem Geld und dem kaufmännischen Geschick von Helga Arendt? Beides war eine gute Bank. Und Helga Arendt war bereit, in ihn zu investieren. Mehr Glück konnte man nicht haben.

Carlos Martinez parkte seinen Wagen vor dem Haus von Helga Arendt und brachte zwei große Kühlboxen ins Haus.

„Hast Du alles bekommen?", fragte Helga Arendt nach dem Begrüßungskuss.

„Ja, alles."

In der folgenden Stunde bereitete Carlos Martinez in der Küche emsig die Zutaten für seine Tapas vor. Helga Arendt hatte für 20.00 Uhr einige gute Freunde eingeladen, um sie, quasi als Testesser, mit den spanischen Spezialitäten von Carlos Martinez zu verköstigen. Dazu hatte sie bereits vor Tagen einige Flaschen Rioja besorgt. Auf ihrem Computer hatte Helga Arendt eine kleine Speisekarte entworfen, um ihren Gästen beim Eintreffen bereits einen kleinen Vorgeschmack auf die Speisen zu geben, die gereicht werden würden. Ganz nebenbei wollte sie sich in ihrem Freundeskreis auch zum ersten Mal mit ihrem Protege zeigen. Dass er auch ihr Bett teilte, wollte sie dennoch nicht gleich jedem Gast auf die Nase binden.

„Hähnchen mit Serrano-Schinken", „Pflaumen und Datteln im Speckmantel", „Zucchini-Majoran-Frittatas", „Maurisches Fleisch", „Zucchini-Frittatas" und weitere spanische Spezialitäten waren auf der Speisekarte zu lesen. Als Aperitif war Sherry vorgesehen.

Der warme Sommerabend mit etwas Alkohol und spanischen Spezialitäten war im Hause Arendt das ideale Ambiente für ein gelungenes Fest. Gegen 03.30 Uhr verließen die letzten Gäste die Peutingerstraße. Helga Arendt war sehr zufrieden. Und Carlos Martinez war sehr zufrieden. Alle seine Speisen kamen gut bei den Gästen an. Die Gäste waren voll des Lobes. Und das nicht nur, weil sie zur Gastgeberin höflich sein wollten.

29 Ellwangen (14. Juli 2010)

„Richter, an Ihrer Geschichte stinkt irgendetwas. Ich kann es förmlich riechen", fuhr Horst Schimmel fort.

Die Vernehmung in der Ellwanger Polizeidienststelle drehte sich schon seit geraumer Zeit im Kreis. Roland Richter hatte wiederholt seine Version berichtet. Kriminalrat Schimmel von der Kripo Aalen hatte immer wieder gebetsmühlenartig seine Fragen wiederholt. Der erfahrene Kriminaler glaubte Roland Richter seine Darstellung des Ablaufs nicht. Sein Instinkt und seine Berufserfahrung sagten ihm: „Hier stimmt etwas nicht!"

Leider sagte ihm sein Instinkt nicht, was nicht stimmte. Roland Richter gab auf die immer gleichen Fragen seine immer gleichen Antworten.

„Noch mal von vorne! Sie sind also am Sonntag mit Ihrem Motorrad, Marke Harley Davidson, nach Rindelbach gefahren. Warum haben Sie die Harley in der Scheune der Familie Kimmel versteckt?"

„Ich habe Ihnen das doch schon gesagt. Ja, ich bin mit meiner Harley nach Rindelbach gefahren. Ich wollte mir das Endspiel zur Fußballweltmeisterschaft auf der großen Leinwand bei der Sportgaststätte ansehen, was ich auch gemacht habe."

„Richter, eins nach dem anderen. Warum haben Sie Ihr Motorrad in der Scheune versteckt?"

„Ich habe es nicht versteckt. Ich habe es dort abgestellt. Ich habe mein Motorrad schön öfter dort abgestellt. Ich bin davon ausgegangen, dass ich beim Finale Alkohol trinke. Deshalb wollte ich nicht mehr mit dem Motorrad nach Hause fahren. Und ich wollte meine Harley nicht über Nacht im Freien so da stehen lassen. Das habe ich Ihnen doch auch schon gesagt."

„Okay, Richter. Nehmen wir mal an, die Geschichte stimmt bisher. Einfach nur als Annahme. Warum haben Sie sich mit dem Spanier geprügelt?"

„Das habe ich Ihnen doch auch schon gesagt. Ich bin nach dem Abpfiff noch etwas geblieben. Hab noch drei oder vier Bier getrunken. Musste mir dann die Beine etwas vertreten und bin über den Sportplatz zur Jagst hinüber gelaufen. Das sind keine hundert Meter. Dann hatte ich Druck auf der Blase und pinkelte an die Stauden am Jagstufer. Plötzlich bemerkte ich den Spanier. Ich erkannte ihn an seinem Ramos-Trikot, das mir schon beim Spiel aufgefallen war. Ich rief ‚Scheiß Spanier!' zu ihm hinüber. Er hat dann ‚Verpiss Dich Du Wichser!' oder so etwas Ähnliches zurückgerufen. Ich bin dann zu ihm hin und habe gefragt, was er von mir wolle. Er hat dann ‚Weltmeister, Weltmeister!' gegrölt. Da habe ich ihm eine reingehauen, dem Scheiß Spanier. Hatte ich zumindest vorgehabt. Der Typ ist mir aber ausgewichen und über die Fußgängerbrücke gegangen. Ich hinterher. Ich hab dann ‚Bleib stehen, Du Scheiß Spanier!' gerufen. Am Ende der Brücke ist er dann endlich stehen geblieben. Ich zu ihm hin. Hab ihm dann eine reingehauen. Hab ihn aber nicht richtig erwischt. Er hat mir dafür mit dem Fuß in die Eier getreten. Als ich mich vor Schmerzen gekrümmt habe, muss er mir mit dem Knie eine gegen die Stirn getreten haben. Ab da habe ich einen Filmriss. Ich spüre nur noch die Stelle an meinem Kopf, wo er mich getroffen hat. Dann bin ich erst wieder in dem Kofferraum aufgewacht. Den Rest kennen Sie ja."

„Herr Richter, Sie verheimlichen uns etwas. Aber die Wahrheit wird an das Tageslicht kommen. Die Fratze der Lüge kann uns nicht lange angrinsen. Irgendwann reißen wir Ihnen diese Fratze herunter. Darauf müssen wir nur warten. Leute wie Sie meinen, sie könnten uns ihre Unwahrheiten auftischen und kämen damit durch.

Weit gefehlt, Herr Richter! Aber ---- nun gut. Erst einmal können Sie gehen. Wir müssen Sie laufen lassen. Laufen Sie aber nicht zu weit weg, Herr Richter!"

Mit diesen Worten beendete Staatsanwalt Dr. Schneider die Vernehmung und Roland Richter konnte tatsächlich gehen. Matthias Zabert hatte die Vernehmung nebenan im Kontrollraum des Vernehmungszimmers verfolgt, wohin die Bilder übertragen wurden, die per Videokamera aufgenommen worden waren. Matthias Zabert verließ nun den Kontrollraum, denn er wollte weder Staatsanwalt Dr. Schneider oder Kriminalrat Schimmel, noch seinem Chef, Polizeioberrat Geiger, über den Weg laufen.

Matthias Zabert musste sich gar nicht auf seinen Instinkt oder seine Berufserfahrung verlassen, um die Einschätzung von Horst Schimmel uneingeschränkt teilen zu können. Denn er wusste, dass Rollo nicht die ganze Wahrheit gesagt hatte. Von den fünftausend Euro in der Satteltasche der Harley hatte Roland Richter in der Vernehmung bisher nichts gesagt. Matthias Zabert setzte sich in sein Büro und überlegte, als sein Chef plötzlich hereinkam.

„Kollege Zabert, ich glaube, ich habe Ihnen heute Morgen unrecht getan. So wie es jetzt aussieht, haben Sie völlig richtig reagiert. Erst gehandelt und dann die Kollegen verständigt. Der Gutachter sagt, der SLK hätte jederzeit abtreiben können. Dann wäre der Wagen wahrscheinlich in der Jagst versunken. Was das für Richter bedeutet hätte, können wir uns alle vorstellen. Mit Ihrem Vorgehen haben Sie das verhindert. Dieses eine Mal will ich deshalb über Ihre Alleingänge hinwegsehen. Aber merken Sie sich eins, Zabert! Polizeiarbeit ist Teamarbeit! Teamarbeit! Haben Sie verstanden? Teamarbeit! Und ich als Teamleiter muss über alles informiert sein, damit ich die richtigen Entscheidungen treffen kann. Denn ich treffe in Ellwangen die Entscheidungen. Ich muss auch dafür gerade stehen. Haben wir uns verstanden, Kollege Zabert?"

„Selbstverständlich, Herr Polizeioberrat."

„Nun zurück zu unserem Mordfall. Heute Nachmittag werde ich die nächste Pressekonferenz geben müssen. Sie bereiten den Raum wieder so hübsch her, wie beim letzten Mal. Beginn 18.00 Uhr. Rufen Sie bei den Teilnehmern rund und informieren Sie die Medien. Die sollen nur alle sehen, dass wir den Fall im Griff haben."

„Selbstverständlich, Herr Polizeioberrat."

„Ich bin dann in meinem Büro. Der Obduktionsbericht müsste bald kommen. Sie können mal bei den Kollegen nachfragen, wie lange das noch dauert", schloss Polizeioberrat Geiger seinen Vortrag und ließ Matthias Zabert wieder alleine in dessen Dienstzimmer zurück.

Matthias Zabert griff zum Telefon und informierte die üblichen Teilnehmer an der Pressekonferenz über den festgesetzten Termin. Auch mit Frank Reiser, dem Vertreter der Ipf- und Jagst-Zeitung, sprach er kurz und verabredete sich mit ihm für 15.30 Uhr auf einen Kaffee ins Journal. Eine halbe Stunde später hatte er die Technik im Konferenzraum überprüft und für 18.00 Uhr Kaffee und Softdrinks geordert. Damit hatte er den wichtigsten Auftrag seines Chefs erledigt.

Die Sache mit dem Obduktionsbericht war für ihn nur Formsache gewesen, da die Kollegen von der Autopsie ihren Bericht schon herübergegeben hatten. Matthias Zabert machte sich eine Kopie vom Text und legte das Original zusammen mit den Photos in eine Eingangsmappe für Polizeioberrat Geiger. Seine Armbanduhr zeigte 15.20 Uhr. Zeit, sich auf den Weg ins Journal zu machen. Er verstaute die Kopie des Obduktionsberichtes in einer unauffälligen Ledermappe und schloss die Tür zu seinem Büro hinter sich ab.

30 Rindelbach (14. Juli 2010)

Der silberne BMW rollte in die Hofeinfahrt der Familie Kimmel. Roland Richter stieg aus und begrüßte Herbert Kimmel und dessen Mutter.

Zehn Minuten vorher hatte er die Ellwanger Polizeidienststelle als freier Mann verlassen können. Die Beamten hatten ihn zwar hartnäckig befragt, mussten sich letztendlich aber mit seiner Version der Geschichte zufrieden geben und ihn laufen lassen. Beim Herausgehen hatte er noch über die letzten Worte von Staatsanwalt Dr. Gerald Schneider nachgedacht. Was dieser mit Fratze der Lüge gemeint haben könnte? Seine Gedanken waren aber jäh unterbrochen worden, als er in die Mündung einer Pistole blickte, die ihm durch die geöffnete Beifahrertür des Wagens entgegen gestreckt wurde, mit dem er jetzt gerade nach Rindelbach gekommen war.

Roland Richter wollte die Strecke von Ellwangen nach Rindelbach eigentlich zu Fuß zurücklegen. Nach etlichen Stunden in einem engen Kofferraum und nach dem Verhör, das er im Sitzen über sich ergehen lassen musste, wollte er sich einfach wieder die Beine vertreten, um seinen Bewegungsstau abzuarbeiten. Daraus wurde jetzt wohl nichts.

„Einsteigen, Herr Richter!", hatte ihn der Mann mit der Pistole höflich, aber bestimmt, zum Einsteigen aufgefordert.

Das Aussehen des Mannes mit der Pistole und der Schalldämpfer an der Waffe machten Roland Richter die Entscheidung leicht, einfach einzusteigen. Der Mann mit der Pistole trug einen dunklen Anzug und eine verspiegelte Sonnenbrille. Was Roland Richter beim Einsteigen noch erkennen konnte, war die bullige Gestalt des mindestens einen Meter neunzig großen Kerls.

Der Mann am Steuer des BMW war ebenfalls auffällig unauffällig gekleidet und fuhr sofort los, um den Parkplatz vor dem Polizeigebäude möglichst schnell zu verlassen. Anscheinend hatte er sich dort die ganze zurückliegende Zeit über unwohl gefühlt. Am Ende des Bahnhofsgeländes hielt er jedoch nach kurzer Fahrt wieder an.

„Wo ist die Kohle, Richter?", begann Karl Brenner, der Mann mit der Pistole.

„Welche Kohle? Um welche Kohle geht es?", fragte Roland Richter verdutzt zurück.

„Falsche Antwort, Richter! Soll ich Dich gleich hier kalt machen, oder verrätst Du uns, wo das Geld ist?", formulierte Karl Brenner seine Forderung neu und drückte Roland Richter dabei die Mündung des Schalldämpfers gegen den Hinterkopf.

„Ich weiß wirklich nicht, welches Geld Ihr meint. Wirklich!", versuchte Roland Richter zu beschwichtigen.

„Die Kohle von dem Spanier. Du warst als letzter mit ihm zusammen am Sonntagabend. Danach hatte er das Geld nicht mehr", mischte sich nun der Fahrer, Gerd Hanser, ein.

„Halt die Schnauze, Gerd!", fuhr ihn daraufhin Karl Brenner an, der der Wortführer zu sein schien, zumindest sah es für Roland Richter danach aus.

„Also ein letztes Mal. Du gibst uns das Geld oder ich leg Dich um. Ist das ein Deal?", und dabei grinste Karl Brenner hämisch.

Roland Richter wusste immer noch nicht, von welchem Geld die beiden Typen faselten. Was er aber genau wusste war, dass er diesen Typen jetzt schnell Geld geben musste, um sein Leben zu retten. Geld. Leben retten. Satteltasche. Endlich fügten sich seine Gedanken wieder zu einem klaren Bild. Er musste nach Rindelbach, um die fünftausend Euro aus der Satteltasche zu holen, um sie dann den beiden Typen zu geben.

Ob diese damit besänftigt sein würden, wusste Roland Richter wiederum noch nicht. Aber er hatte keine andere Wahl.

„Hast Du gut auf mein Motorrad aufgepasst, Herbert?", fragte er Herbert Kimmel nach einer kurzen Begrüßung.

„Herbert, aufpassen! Herbert, gut aufpassen!", stammelte Herbert Kimmel.

„Dann ist ja gut. Ich hole jetzt das Motorrad wieder ab. Dann musst Du nicht mehr aufpassen. Danke, Herbert. Danke."

Roland Richter ging, gefolgt von Herbert Kimmel, in die Scheune, deren vorderes und hinteres Tor jeweils geöffnet war. Die Harley-Davidson stand noch so da, wie er sie abgestellt hatte, das konnte Roland Richter bereits auf einen Blick erkennen. Sein Helm, sein Nierengurt und die Handschuhe lagen auch noch auf der Holzkiste, so wie er sie am Sonntag abgelegt hatte. Roland Richter öffnete die Satteltasche. Leer!

„Wo ist das Geld?", schoss es ihm durch den Kopf.

Immer noch besser als eine Kugel aus der Pistole von Karl Brenner, hätte er jetzt denken können. Soweit dachte Roland Richter aber nicht. Zumal er den Namen Karl Brenner auch nicht kannte.

„Herbert, war jemand an dem Motorrad?"

„Herbert, aufpassen. Herbert, gut aufpassen."

„Ja. Herbert, gut aufpassen. Es ist ja auch noch alles da. Herbert, war jemand an dem Motorrad? Oder hast Du das Motorrad jemandem gezeigt?"

„Ja, zeigen! Motorrad zeigen!"

„Wem hast Du das Motorrad gezeigt, Herbert?"

„Ja, zeigen! Motorrad zeigen!"

„Wem, Herbert? Wem?"

„Ja, zeigen! Motorrad zeigen!"

„Wem?"

„Weiß nicht. Motorrad zeigen. Weiß nicht."

„Oma Kimmel, wem hat Herbert das Motorrad gezeigt? Ich muss das wissen!", wandte sich Roland Richter nun an Martha Kimmel.

„Gestern waren die beiden Reiser-Brüder hier und haben nach Dir gefragt und sich dann das Motorrad angeschaut. Sonst war niemand an dem Motorrad", antwortete Martha Kimmel, die nun am Scheunentor stand.

„Scheiße!", dachte Roland Richter.

Er drückte den Startknopf an seiner Maschine. Sie sprang sofort an. Er hatte nur einen Ausweg. In der Hoffnung, dass der Mann mit der Pistole ihn nicht vor Zeugen erschießen würde, legte er den ersten Gang ein und gab Gas. Mit durchdrehendem Hinterrad schoss die Harley durch das hintere Scheunentor ins Freie.

Mit einem zweifachen „Plopp" aus seiner Pistole schoss Karl Brenner ebenfalls durch das hintere Scheunentor ins Freie. Er verfehlte jedoch sein schlingerndes Ziel jeweils um Haaresbreite.

Die Harley-Davidson konnte Roland Richter auf der Fahrspur über die Wiese nur mit Mühe bändigen. Er musste aber Vollgas geben, um seinen Verfolgern zu entkommen. Oder es zumindest zu probieren. Er hatte sich getäuscht. Der Mann mit der Pistole hatte doch vor Zeugen versucht, ihn zu erschießen. Ihn zum Glück aber verfehlt. Nun täuschte er sich aber nicht. Denn er wusste, dass sie ihm über die Wiese mit dem BMW nicht folgen konnten. Nach etwa zweihundert Metern kam er zur Straße am Kirnbach, die nach rechts zur Jagst und nach links zum Ortsausgang von Rindelbach führte. Sein Instinkt sagte ihm: „Fahr links!"

Mit Vollgas brauste er zwischen den Häusern durch und bog dann in die Straße Richtung Gehrensägmühle ein. Nach wenigen Minuten Fahrt erreichte er die Einmündung zur Bundesstraße 290. Roland Richter fädelte nach rechts in den Verkehr in Richtung Jagstzell ein, verlies die B 290 aber nach wenigen Kilometern bereits wieder und fuhr in ein direkt angrenzendes Waldstück hinein. Ohne Helm war er zu auffällig. Bei den sommerlichen Temperaturen war das für ihn zwar so sehr angenehm beim Fahren, er wollte aber nicht auffallen.

Neben einem Unterstand für Waldarbeiter stellte er sein Motorrad ab. Ohne Handy hatte er keine Verbindung, um Hilfe zu holen. Also blieb ihm nichts anderes übrig, als sein Motorrad im Wald zurück zu lassen und sich zu Fuß nach Rindelbach oder gleich bis Ellwangen durchzuschlagen. Mit einem passenden Stein schlug Roland Richter gegen das Vorhängeschloss an der Tür des Unterstandes, um es zu öffnen. Er schob die Harley in die Holzhütte. Im Innern befand sich ein Stapel alter Decken. Zwei davon nutzte Roland Richter, um sein Motorrad abzudecken. So konnte man die Harley nicht auf den ersten Blick erkennen, wenn man durch die milchige Glasscheibe an der Seitenwand schaute. Das Vorhängeschloss schnappte zwar nicht mehr fest zu. Optisch wurde es aber seinem Namen noch gerecht.

Der Forstweg führte in südlicher Richtung nach Eggenrot hinüber. Am Waldrand hielt Roland Richter erst ein paar Minuten Ausschau nach der silbernen BMW-Limousine seiner Verfolger. Nichts war zu sehen. Unbehelligt erreichte er den Ortsrand von Eggenrot. An der Tür des Einfamilienhauses von Renate Elber drückte er den Klingelknopf. Sie war zuhause.

„Hallo Rollo! Was machst Du denn in Eggenrot?", fragte die Hausherrin und bat ihn herein.

„Ich bin mit meiner Harley liegen geblieben hinter dem Rabenhof. Ein Problem mit dem Vergaser. Ich muss mal telefonieren, Renie", antwortete Roland Richter kurz.

Renate Elber drückte ihm den Hörer ihres schnurlosen Telefons in die Hand und blieb neugierig bei ihm, als er eine Verbindung herstellte.

„Tommie, kannst Du mit Deinem Transporter kommen und mich abholen? Ich bin hier bei Renie in Eggenrot", gab Roland Richter durch.

Zehn Minuten später fuhr Thomas Reiser mit seinem Toyota vor und holte seinen Freund ab. Über denselben Weg, den Roland Richter zu Fuß genommen hatte, kamen sie von Eggenrot aus zur Waldhütte zurück. Über eine Rampe schoben sie die Harley auf die Ladefläche des Pickup und verzurrten sie darauf mit Gurten. Zuletzt warf Thomas Reiser noch eine Abdeckplane darüber, um seine Ladung vor neugierigen Blicken zu schützen. In langsamer Fahrt verließen sie den Wald und folgten dann der B 290 in Richtung Ellwangen.

„Wo hast Du die Kohle her, Rollo?", fragte Thomas Reiser, nachdem sie das Motorrad in die Werkstatt in Neunheim geschoben hatten.

„Welche Kohle?"

„Verarsch mich nicht! Du hattest fünftausend Euro in Deiner Satteltasche. Woher hast Du die Kohle? Hast Du die dem Spanier abgenommen, den Du kaltgemacht hast?"

„Jetzt aber mal langsam! Ich habe den Spanier nicht kaltgemacht!"

„Wer hat ihn dann kaltgemacht?"

„Ich weiß es nicht. Ich war es nicht! Das kannst Du mir glauben. Warum sollte ich das tun, Tommie?"

„Vielleicht wegen Thea?"

„Du meinst, weil sie mit dem Spanier gevögelt hat? Nein! Bestimmt nicht!"

„Woher hast Du die Kohle dann?"

„Von Ellen Steiger."

„Von Ellen Steiger?"

„Ja, von Ellen Steiger. Ich sollte mir den Spanier vorknöpfen. Welche Rechnung sie mit ihm offen hat, weiß ich nicht. Aber ich kann das Geld gut gebrauchen."

31 Ellwangen (14. Juli 2010)

Frank Reiser blätterte in den Dokumenten, die er von Matthias Zabert zugespielt bekommen hatte. Der Tag war schon bis jetzt sehr spannend gewesen. Sie hatten Rollo gefunden und ihm vielleicht sogar das Leben gerettet. Wie es aussah, war sein Gefängnis kurz davor gewesen, abzusaufen.

Dann die beiden Gorillas in ihrem silbernen BMW, die Roland Richter entführten und nach Rindelbach verfrachteten.

Vor der Pressekonferenz in der Karlstraße hatte Frank Reiser ein längeres Telefonat mit seinem Bruder Thomas. Dieser hatte ihm alles über die letzte Aktion erzählt und was er aus Roland Richter herausbekommen hatte. Letzterer hielt sich momentan in der Werkstatt in Neunheim versteckt. Außer den Reiser-Brüdern wusste nur Matthias Zabert darüber Bescheid.

Der Obduktionsbericht las sich relativ unspektakulär. Was Frank Reiser bisher nicht wusste war, dass Carlos Martinez an einer Stichverletzung mitten in sein Herz gestorben war. Die zahlreichen Hämatome auf seinem Körper waren in ihrer Entstehung für den Spanier zwar wahrscheinlich sehr schmerzhaft gewesen, führten aber nicht zu seinem Tod. Sein Blutalkoholanteil betrug 1,6 Promille. Er war also schon etwas betäubt gewesen, als ihn die tödliche Waffe getroffen hatte. Aus der Lage des Stichkanals schloss der Pathologe, dass eine schmale, etwa fünfzehn Zentimeter lange Klinge von vorne auf direktem Weg in die linke Herzkammer eingedrungen war. Wenige Sekunden danach musste der Spanier bereits verblutet sein. Der Winkel des Einstichkanals deutete auf einen Linkshänder als Täter hin.

„Rollo ist Rechtshänder!", dachte Frank Reiser, als er diese Passage des Berichts las.

Roland Richter war damit wahrscheinlich auch bei der Polizei aus dem Rennen um die Täterschaft ausgeschieden. Gut für Roland Richter!

Frank Reiser legte den Obduktionsbericht wieder zurück in die Ledertasche und tippte auf seinem Laptop den Bericht über den Mordfall Martinez für die nächste Ausgabe der Ipf- und Jagst-Zeitung fertig. Er drückte auf „Senden" und mailte ihn an die Ellwanger Lokalredaktion. Das hatte er erst einmal geschafft.

Gegen 22.30 Uhr betrat Frank Reiser das Jackies und bestellte sich eine große Apfelschorle bei der neuen Bedienung hinter dem Tresen. Thea Dorn hatte bis auf weiteres Urlaub genommen. Rosemarie Hertel hatte als Ersatz solange die blonde Aushilfskraft engagiert.

„Rosie, kann ich Dich kurz sprechen?", rief er seiner Lebensgefährtin über den Tresen hinweg zu, als er sie in der Tür der Kneipenküche stehen sah.

Durch den Hinterausgang gingen sie auf den Innenhof des Hotelgebäudes hinaus. Die Temperatur betrug immer noch laue 27 Grad, da die Sonne erst etwa eine Stunde vorher untergegangen war.

„Rollo war es nicht. Das steht so gut wie fest. Das ist sicher auch für Thea eine gute Nachricht", begann Frank Reiser die Unterhaltung.

„Um die beiden hätte ich mir auch keine Sorgen gemacht. Du bist mir heute früh ausgewichen."

„Was meinst Du damit? Wovon sprichst Du?"

„Ich habe morgen um 13.00 Uhr einen Termin bei Ellen Steiger. Sie sagte am Telefon, sie wolle die Angelegenheit langfristig mit mir lösen. Alles Weitere würde ich morgen bei dem Gespräch erfahren. Ich solle meine Vertragsunterlagen mitbringen, hat sie gesagt. Und meine Bankunterlagen. Und sie hätte mit Dir schon gesprochen. Und ich solle mir um das Finanzielle keine Sorgen machen, hat sie gesagt. Frank, was hat das zu bedeuten?"

„Mach Dir keine Sorgen. Das wird sich zum Guten wenden. Glaube mir, Rosie!"

„Ich weiß nicht, was ich glauben soll, Frank."

„Du arbeitest zu hart. Du bist zu dünnhäutig momentan. Es wird sich zum Guten wenden."

„Für wen, Frank?"

„Für Dich! Für uns! Nächste Woche habe ich mehrere Termine mit dem Makler. Der Rohbau geht bestimmt weg, meint der Makler. Und für die Schönauer Straße hat er auch schon einen aussichtsreichen Interessenten. Was hältst Du davon, wenn wir zusammen ziehen. Wo Du möchtest, Rosie."

„Frank. Ja das wäre schön. Aber ich glaube noch nicht daran. Verkauf Du erst einmal Deine Häuser. Und lass Dich von Juliette scheiden. Dann sehen wir weiter. Mit wem Du dann zusammen ziehst."

„Was soll das denn jetzt, Rosie?"

„Ellen Steiger hat mir zwei Jahrespachten für das Jackies angeboten, wenn ich Dich gehen lasse. Ich solle darauf eingehen, bevor sie Dich so kriegt und ich mit leeren Händen da stehe. Was meint sie damit, Frank?"

„Rosie, Ellen ist eine verzogene Göre. Ich habe sie schon mehrmals abblitzen lassen. Das kann sie einfach nicht akzeptieren. Wenn sie sich etwas in den Kopf gesetzt hat, dann lässt sie erst locker, wenn sie bekommt, was sie haben will. So ist sie eben gestrickt. Und dass sie sich zur Not kauft, was sie so nicht kriegen kann, ist auch nicht neu an ihr."

„Muss sie sich Dich denn kaufen? Hat sie Dich nicht schon?"

„Das ist doch Blödsinn, Rosie!"

„Warum schläfst Du dann mit ihr, Frank?"

„Wer sagt das?"

„Sie sagt das. Hat sie gelogen, Frank?"

„Ja. Nein. Das habe ich doch für Dich gemacht!"

„Und Du hast gedacht, dass ich Dummerchen das nie erfahre. Da hast Du Ellen aber wohl unterschätzt."

Dieses Gespräch wollte Frank Reiser nie führen. Eigentlich wollte er Rosemarie Hertel von seinem Plan berichten, seinen Vertrag mit dem Stuttgarter Verlagshaus aufzulösen, um sich in Ellwangen ganz seiner schriftstellerischen Tätigkeit als Buchautor und seiner Nebentätigkeit als Lokalredakteur der Ipf- und Jagst-Zeitung zu widmen. Das Gespräch nahm jetzt gerade einen völlig anderen Verlauf. Und das hatte Frank Reiser Ellen Steiger zu verdanken.

„Es ist wohl besser, wenn ich jetzt gehe", druckste Frank Reiser kraftlos herum.

„Ja, geh einfach!", entgegnete Rosemarie Hertel und fing an zu weinen.

Als Frank Reiser sie umarmen wollte, schubste sie seine Hände von sich weg und lief zurück ins Jackies. Frank wusste, dass es keine gute Idee gewesen wäre, ihr zu folgen. Deshalb ließ er es bleiben, als plötzlich zu allem Überfluss auch noch sein Handy klingelte.

„Reiser!", meldete er sich.

„Du hast mir gerade noch gefehlt!", kommentierte er den ersten Satz der Anruferin.

„Darauf kannst Du Gift nehmen. Nein, das mache ich nicht! Vergiss es! Nein!", rief Frank Reiser erregt in das Handy hinein und beendete das Telefonat, obwohl das Gespräch für die Anruferin noch nicht abgeschlossen zu sein schien.

Er wählte eine Verbindung aus dem Telefonbuch seines Mobiltelefons und drückte die grüne Taste der Tastatur.

„Ich bin es. Wir müssen uns unbedingt gleich treffen", war das Einzige, was er seinem Gegenüber mitteilen wollte, bevor er die rote Taste an seinem Handy drückte.

32 Ellwangen (Finaltag)

Carlos Martinez hatte noch einige Sachen zu erledigen, bevor er sich am Abend beim Public Viewing auf dem Ellwanger Marktplatz das Endspiel um die Fußballweltmeisterschaft anschauen konnte. Spanien gegen Holland. Das würde sicherlich eine interessante Partie werden. Und Carlos Martinez war sich sicher, dass dieser 11. Juli 2010 in die spanischen Annalen als großer Tag eingehen würde. Vielleicht nicht nur in die spanischen Annalen.

Gegen 10.00 Uhr hatte er mit Ture Schäffler telefoniert. Wider erwarten hatte dieser zugestimmt, dass Carlos Martinez gegen Zahlung von zwanzigtausend Euro seine Schuldscheine zurückbekommen würde und als freier Mann seiner Wege gehen könnte. Sie würden ihn im Lauf des Abends anrufen, hatte sein Boss am Telefon gesagt. Er solle das Geld bereithalten, hatte Ture Schäffler gesagt.

Das Geld bereithalten. Das Problem hatte Carlos Martinez zum Glück schon lösen können. Bereits am Freitag hatte Helga Arendt das Geld für ihn von einem ihrer Konten bei der Kreissparkasse Ostalb abgehoben und ihm übergeben. Die Party bei Helga war ein voller Erfolg gewesen. Für den 13. Juli hatte er einen Termin mit der Stadtverwaltung und der Brauerei vereinbart. Wenn alles wie geplant lief, konnte er bereits ab Anfang August mieten und sein Lokal nach einem kurzen Umbau ab Anfang September eröffnen. September und Oktober waren aus seiner Sicht ideale Monate, um ein neues Lokal einzuführen, bevor dann die Leute in der dunklen Jahreszeit nicht mehr so spontan etwas Neues ausprobieren wollten.

Carlos Martinez war mit Helga Arendt zum Essen gegangen und mit ihr dann in ihr Haus in die Peutingerstraße gefahren. Bis 16.00 Uhr konnte Carlos Martinez seine Dankbarkeit im Schlafzimmer von Helga Arendt mehrfach unter Beweis stellen. Sehr zur Freude seiner Förderin. Gegen 17.30 Uhr verabschiedete er sich von ihr und fuhr in die alte Post. Als er sein Hotelzimmer betrat, lag ein Zettel auf dem Boden.

„Komm zur Sportgaststätte nach Rindelbach. Ich melde mich dort bei Dir", stand handgeschrieben darauf.

Die Nachricht konnte nur von Ture Schäffler sein.

„Dann sehe ich mir das Endspiel halt in Rindelbach an. Auch gut!", dachte Carlos Martinez.

Er legte sich noch eine gute Stunde auf sein Bett, um sich etwas auszuruhen und duschte dann. Mit seinem Ramos-T-Shirt ausgestattet verließ er das Zimmer und nahm den Lift hinunter in die Tiefgarage. Er öffnete das Verdeck seines SLK und startete den Motor.

Über die Bahnhofstraße fuhr er zur Nordtangente und am Kressbachsee vorbei nach Rindelbach. Der Parkplatz am Sportgelände war schon gut gefüllt. Neben den Pkw mit dem Autokennzeichen AA des Ostalbkreises standen auch einige Wagen mit auswärtigem Kennzeichen. Sogar zwei Wohnmobile mit gelber holländischer Autonummer parkten dort. Für Carlos Martinez war allerdings kein Platz mehr frei. Deshalb wendete er und fuhr auf die andere Jagstseite hinüber und stellte seinen Wagen am Brückenweg ab.

„Den steche ich ab, die Sau!", sagte Giovanni Faustino zu Dragan Kovac und hielt dabei sein Küchenmesser in einer angedeuteten Angriffsposition hoch.

Carlos Martinez hatte auf dem Weg nach Rindelbach den grauen VW Jetta nicht bemerkt, der ihm gefolgt war. Am Steuer des Jetta saß Dragan Kovac, der Wirt des Balkangrills. Der junge Giovanni Faustino spielte auf dem Beifahrersitz die ganze Zeit mit seinem Küchenmesser herum. Beide hatten sich nach der Sitzung der Wirte in Röhlingen noch ein paar Mal getroffen. Beide waren sich einig, dass man diesen Schutzgeldtypen nicht schutzlos ausgeliefert war. Und Giovanni Faustino hatte mit Carlos Martinez zusätzlich noch eine persönliche Rechnung offen. Da er mit den wieder angenähten Fingern der rechten Hand noch nicht wieder kontrolliert und fest zupacken konnte, hielt er das Messer die ganze Zeit über in seiner Linken. Er steckte es in eine Lederscheide und wickelte es in seine Jeansjacke ein, die er aufgrund des warmen Wetters so als Kälteschutz nicht brauchte.

Dragan Kovac und Giovanni Faustino suchten sich einen Platz in Sichtweite des Tisches, an den sich Carlos Martinez gesetzt hatte. An den beiden Tischen dazwischen hatten sich die Biker vom Motorradclub Rindelbach bereits mit einigen Gläsern Rotochsenbier in Finalstimmung gebracht. Schräg dahinter saßen einige holländische Gäste, die unschwer an ihren orangefarbenen Trikots zuzuordnen waren.

Spanien begann das Finale stürmisch. Sergio Ramos bot sich in der 5. Spielminute die erste echte Torchance des Spiels. Zum Leidwesen von Carlos Martinez parierte jedoch Maarten Stekelenburg im Tor der Holländer den Kopfball seines Lieblingsspielers mit einer Glanzparade. Die Holländer am Nachbartisch waren davon mehr begeistert gewesen. Trotzdem hatten auch sie die nächste Zeit wenig Grund zum Jubeln, da die spanische Nationalmannschaft mit einer Angriffswelle nach der anderen Stekelenburgs Vorderleute unter Druck setzte. Eine weitere gute Aktion von Sergio Ramos und in der 11. Minute ein strammer Schuss von David Villa ans Außennetz zeigte, dass die Spanier weniger vorsichtig in das Endspiel gestartet waren als die Niederländer. Nach etwa einer gespielten Viertelstunde hatten beide Teams ihren Rhythmus gefunden. Der bestand nun darin, den jeweiligen Gegner robust und konsequent zu stören, wobei körperlicher Einsatz und Härte nicht von vorneherein ausgeschlossen wurden. Ergebnis war nach einer halben Stunde, dass der englische Schiedsrichter Webb auf seinem gelben Karton bereits fünf Namen stehen hatte. Bei der gelben Karte für Mark van Bommel forderten die Spaniensympathisanten in der Sportgaststätte genauso Rot, wie für den Kung-Fu-Tritt von Nigel de Jong gegen Xabi Alonso. Die rote Karte blieb jedoch beide Male stecken. Erst in der Nachspielzeit der ersten Halbzeit musste der spanische Torhüter Iker Casillas sein ganzes Können aufbieten, um einen gefährlichen Robben-Schuss noch um den Pfosten zu lenken.

Carlos Martinez bestellte sich in der Halbzeitpause ein Steak mit Salat und eine Flasche Rotwein. Am Tresen der Sportgaststätte kam er dabei zum ersten Mal mit einem der Holländer ins Gehege, der ihm das Steak vor der Nase wegschnappen wollte. Bei der Aktion rangelten beide kurz miteinander. Der Wirt ging jedoch rechtzeitig dazwischen. An einer Schlägerei in seinem Lokal hatte er keinerlei Interesse. Carlos Martinez hatte aber ab jetzt einen Handteller großen Fleck von der Steaksoße auf seinem Ramos-T-Shirt.

Die zweite Halbzeit verlief, wie die erste begonnen hatte. Die Spanier drückten auf das holländische Tor und konnten zum Teil nur durch Fouls gebremst werden. Erregt sprang Carlos Martinez hoch, als der Holländer Mark van Bommel im eigenen Strafraum Xabi Alonso Elfmeterreif von den Beinen holte. Der Pfiff von Schiri Webb blieb jedoch aus. Arjen Robben ließ als nächstes die holländischen Fans verzweifeln, als er eine glasklare Chance nicht im spanischen Gehäuse unterbrachte. Nicht besser erging es schließlich Villa und Ramos auf der anderen Seite. Nach 90 Minuten stand es immer noch unentschieden 0:0.

Die Sonne war längst untergegangen über Rindelbach, als Iniesta in der 116. Spielminute den einzigen

Treffer dieses Finals erzielte. Carlos Martinez war begeistert. Spanien war Weltmeister. Beinahe hätte er das Tor nicht gesehen, da kurz nach Anpfiff der Verlängerung sein Mobiltelefon klingelte.

„Wo bist Du, Carlos?", wollte Ture Schäffler am anderen Ende wissen.

„Ich bin in Rindelbach, so wie das auf dem Zettel stand, Boss", antwortete Carlos Martinez.

„Von welchem Zettel sprichst Du? Und was machst Du in Rindelbach. Ich bin hier im Hotel zur alten Post und will mein Geld haben."

„Aber auf dem Zettel stand doch ‚Komm zur Sportgaststätte nach Rindelbach. Ich melde mich dort bei Dir'. Deshalb bin ich in Rindelbach, Boss."

„Von welchem Scheißzettel schwätzt Du die ganze Zeit. Hast Du das Geld bei Dir?"

„Nein, aber ich kann es holen. Ich habe es schon besorgt, aber ich habe es nicht bei mir."

„Wie lange brauchst Du, um das Geld zu holen?"

„In einer Stunde habe ich das Geld. Wo soll ich damit hinkommen, Boss?"

„Du kommst nirgends hin. Wir kommen zu Dir. Wir treffen uns an der alten Jagstbrücke. Die ist leicht zu finden. In einer Stunde", beendete Ture Schäffler abrupt das Telefonat mit seinem Schuldner.

Carlos Martinez kam gerade zurück, als der Holländer Heitinga sich in der 109. Spielminute wegen einer wiederholten Attacke seine gelb-rote Karte abholte. Als Carlos Martinez auf Höhe des holländischen Tisches diese Szene laut beklatschte, schlug ihm einer der bereits stark alkoholisierten Fans mit der Faust gegen die Schulter. Reflexartig revanchierte er sich mit einem Faustschlag in das Gesicht des Oranjefans. Sofort sprangen zwei weitere Holländer auf und wollten auf Carlos Martinez losgehen. Da war der Wirt aber schon bei Ihnen.

„Wollt Ihr Euch das Spiel anschauen oder verschwinden?", fragte er mit tiefer Stimme.

In seiner Hand hielt er einen Gummiknüppel, so wie ihn die Polizei früher auf Streife bei sich gehabt hatte. Carlos Martinez ging zurück an seinen Tisch und schaute noch ein paar Mal provozierend zu den Holländern hinüber. Nach dem Ende des Spiels waren für ihn diese Loser aber nicht mehr interessant.

Spanien war Weltmeister! Jetzt musste Carlos Martinez nur noch seinen Boss Ture Schäffler bezahlen und ein besseres Leben konnte beginnen. Eigentlich hätte er jetzt gern den Sieg seiner Spanier weiter begossen. Er musste aber zu seinem Wagen, um nach dem Geld zu sehen. Auf dem Weg dorthin begegnete ihm der Freund von Thea Dorn. Der hatte ihm gerade noch gefehlt.

„Scheiß Spanier!", rief Roland Richter plötzlich zu ihm rüber, als er gerade an eine Hecke pinkeln wollte.

„Verpiss Dich, Du Wichser!", antwortete Carlos Martinez und schloss seinen Hosenschlitz wieder.

„Weltmeister! Weltmeister!", skandierte er nun in Richtung von Roland Richter, der sich mit wackligen Schritten auf ihn zu bewegte.

Obwohl er heute Abend im Gegensatz zu Carlos Martinez nichts zu feiern hatte, war der Deutsche anscheinend gut angetrunken. Carlos Martinez ging aber weiter zur Fußgängerbrücke über die Jagst, da er dahinter am Brückenweg seinen Wagen stehen hatte. Plötzlich hatte Roland Richter ihn eingeholt. Carlos Martinez drehte sich um und konnte gerade noch einem Fußtritt ausweichen. Mit seinem rechten Bein holte er sogleich zum Gegenschlag aus und traf seinen Gegner hart in dessen Weichteile. Als Roland Richter sich vor Schmerzen krümmte, legte Carlos Martinez mit einem Faustschlag gegen seine Schläfe nach. Nach einem weiteren Kopftreffer sackte Roland Richter plötzlich regungslos zusammen.

33 Ellwangen (14. Juli 2010)

Zehn Minuten nach seinem letzten Telefonat stand Frank Reiser vor dem Eingang zur Kanzlei von Ellen Steiger. Eigentlich wollte er sich mit seinem Freund Zappa treffen. Der hatte aber Nachtschicht im Polizeirevier und konnte nicht weg. Und für einen Besuch bei ihm in der Karlstraße hatte er momentan keinen triftigen Grund. Polizeioberrat Geiger war ihm gegenüber schon misstrauisch genug.

Im Obergeschoß brannte noch Licht. Aus dem vor kurzem geführten Gespräch mit Ellen Steiger hatte Frank Reiser geschlossen, dass sie nicht in ihrer Wohnung, sondern zu so später Stunde noch in ihrem Büro war. Er drückte den Klingelknopf neben der schweren Eichentür.

„Ich bin es", antwortete er in die Sprechanlage, nachdem Ellen Steiger gefragt hatte, wer denn da wäre.

Mit zögernden Schritten ging er die breite Steintreppe hinauf. Den Weg zu ihrem Büro kannte er. Als er in den Flur zu Ellen Steigers Bürotrakt abbog, kam sie ihm auf halber Höhe schon entgegen.

„Schön, dass Du es Dir anders überlegt hast, Frank", sagte sie mit einem triumphierenden Lächeln im Gesicht.

„Was willst Du von Rosie? Sag mir das jetzt!"

„Komm doch erst einmal in mein Büro. Dort können wir das in Ruhe besprechen."

Mit diesen Worten drehte sie sich auf dem Flur um und ging voraus zu ihren Räumlichkeiten, nicht ohne im Gehen ihren Gast im Blick zu behalten. Sie setzte sich auf die Ledercouch, die zu einer Sitzgruppe in der Mitte des großzügig bemessenen Arbeitsraumes gehörte.

„Nimm Platz, Frank!", forderte sie Frank Reiser auf und unterstrich den Satz, indem sie mit der Hand auf den Platz neben sich zeigte.

Frank Reiser setzte sich jedoch demonstrativ in den Ledersessel gegenüber von ihr.

„Was willst Du von Rosie?", wiederholte Frank Reiser seine Frage.

„Ehrlich gesagt, will ich gar nichts von ihr."

„Warum hast Du sie dann morgen zu Dir bestellt?"

„Frank, seit wann interessierst Du Dich denn für meine geschäftlichen Aktivitäten. Ich dachte, das wäre nur etwas Privates zwischen Dir und mir."

„Nein. Ich glaube, Du täuscht Dich. Es geht hier nur um etwas Geschäftliches, Ellen."

„Den Eindruck hatte ich neulich nicht, als Du bei mir warst. Oder bist Du jetzt unter die professionellen Liebhaber gegangen. Ich hatte nicht das Gefühl, als ob Dir das unangenehm gewesen wäre."

„Vergiss diese Nacht! Das war ein Versehen, Ellen."

„So. Ein Versehen. Du warst also nur versehentlich bei mir. Ich dachte, Du liebst mich. Ist es nicht so?"

„Ellen, Du weißt, ich bin mit Rosie zusammen. Und ich war nur bei Dir, damit Du sie in Ruhe lässt."

„Ach, so ist das. Und warum bist Du heute da, mein kleiner Dreamboy?"

„Ellen, hör auf damit. Ich sag Dir ein für alle Mal, dass Du Rosie in Ruhe lassen sollst."

„Sonst? Was machst Du sonst, Frank?"

„Du zwingst mich, zur Polizei zu gehen."

„Und. Was würdest Du der Polizei erzählen? Dass ich Dich zum Beischlaf mit mir genötigt habe. Weil Dir das ja so unangenehm war. Und ich das gemacht habe, um eine Pächterin von mir unter Druck zu setzen. Die Geschichte klingt nicht besonders spannend. Da wird sich die Polizei in Ellwangen aber freuen, dass sie endlich einmal so einen schönen Fall auf den Tisch bekommt. Oder willst Du lieber einen Artikel über mich in der Zeitung bringen? Sexgierige Anwältin vergewaltigt Journalisten. Eine tolle Story, nicht wahr, Frank? Ich höre jetzt schon Deine Leser über Dich lachen. Ha ha ha, Frank."

„Vielleicht habe ich sogar noch eine bessere Story. Die Story von der eifersüchtigen Anwältin, die fünftausend Euro dafür aussetzt, damit ein in Ungnade gefallener Lover diszipliniert wird. Schade nur, dass Dein Ex-Lover tot an der Jagst gefunden wurde."

„Halt, Frank! Damit habe ich nichts zu tun. Wer erzählt denn solche Gruselgeschichten über mich?"

„Die Polizei hört bestimmt Roland Richter interessiert zu, wenn er davon erzählt, dass Du ihn mit Deinen Videoaufnahmen von Thea und dem Spanier provoziert hast. Und ihm anschließend fünftausend Euro gegeben hast, damit er dem Spanier eins auswischt. An den Geldscheinen sind sicher Deine Fingerabdrücke dran. Und es ist sicher ein Leichtes bei den Banken herauszufinden, wer diese Geldscheine abgehoben hat. Klingelt es jetzt bei Dir, Ellen?"

„Aber er sollte den Spanier doch nicht umbringen!"

„Da hast Du aber jetzt Pech, dass Du ihn doch zu einem Tötungsdelikt angestiftet hast, wie der Staatsanwalt es formulieren wird. Und spontan würde ich sogar auf Mord tippen, da ein bisschen Heimtücke in dem Plan schon enthalten war. Und von niederen Beweggründen ganz zu schweigen. Was hältst Du davon, Ellen?"

„Frank, das würdest Du nie tun. Dazu kenne ich Dich zu gut. Und die Polizei hat Roland Richter wieder laufen lassen. Also haben sie ihn nicht im Verdacht."

„Wenn sie erst das Geld haben, wird bestimmt schnell ein Schuh draus für die Kripo. Aber vielleicht finden sie das Geld ja nicht, Ellen."

„Was soll das heißen, Frank?"

Frank Reiser war ein bisschen überrascht, dass die Geschichte plötzlich so gut zu seinen Gunsten zu laufen schien. So handzahm und nervös hatte er die selbstbewusste Ellen Steiger selten erlebt. Da musste er dranbleiben, um es nicht noch zu vermasseln.

„Ellen, ich schlag Dir einen Deal vor. Ich sage zur Polizei kein Wort von dem, was ich weiß. Ich sorge auch dafür, dass Rollo dicht hält. Als Pfand behalte ich die Geldscheine mit Deinen Fingerabdrücken bei mir. Als Gegenleistung übergibst Du mir das Video mit Thea und dem Spanier, damit du damit keinen weiteren Schaden mehr anrichten kannst. Und morgen bei dem Termin mit Rosie sagst Du ihr, dass die geschäftlichen Punkte sich mit dem Tod des Spaniers erledigt hätten und ihr Euren Vertrag ganz normal bis zum geplanten Vertragsende laufen lassen werdet. Und Du sagst ihr, dass Du unsere gemeinsame Nacht nur erfunden hast, um mir eins auszuwischen und Du auch für mich keine Ablösesumme zahlen wollest. Machst Du das, Ellen?“

„Es bleibt mir anscheinend nichts anderes übrig, oder? Du lässt mir wohl keine andere Wahl, als anzunehmen. Und woher weiß ich, dass Du nicht doch zur Polizei gehst?“

„Und woher weiß ich, dass Du Rosie nicht doch die ganze Wahrheit erzählst?“

„Stimmt, Frank! Das kann man nie wissen. Aber warum sollte ich Dir schaden wollen? Überleg Dir zu der Frage mal eine Antwort.“

„Heute nicht, Ellen“, sagte Frank Reiser und erhob sich aus dem Ledersessel.

Mit zügigen Schritten verließ er das Bürogebäude, ohne auf Ellen Steiger zu achten, die leise weinend in ihrer Ledercouch sitzen geblieben war. Frank Reiser lief die wenigen hundert Meter bis zum Bahnhof, um sich dort ein Taxi zu nehmen. Gegen 00.30 Uhr lag er im Bett seiner Wohnung in der Kellerhausstraße. Dass Rosemarie Hertel bei ihm übernachten würde, damit rechnete er in dieser Nacht nicht mehr.

34 Ellwangen (Finaltag)

Carlos Martinez hatte den reglosen Körper von Roland Richter an der Schulterpartie der Motorradjacke gepackt und bis zu seinem SLK hinter sich hergeschleift. Er hatte jetzt keine Zeit, sich um seinen Nebenbuhler bei Thea Dorn zu kümmern. Deshalb wollte er ihn einfach im Kofferraum seines Wagens deponieren. Er öffnete den Kofferraumdeckel und holte die Tasche heraus. Er hievte den schlappen Körper von Roland Richter in den Kofferraum und drückte den Deckel zu. Sicherheitshalber steckte er den Fahrzeugschlüssel in das Schloss des Kofferraumdeckels, um es - zusätzlich zur Zentralverriegelung - zu verschließen. Sicherheitshalber!

Sicherheitshalber kontrollierte er auch seine Geldtasche. Zwanzigtausend Euro und er würde frei sein. Nicht frei für Thea Dorn. Nein! Frei für Helga Arendt? Auch nicht unbedingt. Frei für seine eigenen Pläne! Zwanzigtausend Euro davon noch entfernt. Oder noch zwanzig Minuten, bis Ture Schäffler zur Geldübergabe kommen würde.

Dragan Kovac und Giovanni Faustino hatten Carlos Martinez auf der Terrasse der Sportgaststätte plötzlich aus den Augen verloren. Nach der Rempelei mit den Holländern war er verschwunden gewesen. Sie wussten aber, wo er sein Auto geparkt hatte. Als sie vorsichtig die Fußgängerbrücke über die Jagst überquert hatten, hörten sie plötzlich das satte Geräusch eines Kofferraumdeckels. Sie gingen hinter einem Holzstapel in Deckung. Langsam tasteten sie sich voran, bis Dragan Kovac Carlos Martinez als Erster sah. Carlos Martinez hatte ein dickes Bündel Geldscheine in der Hand, das er jetzt in eine Tasche steckte. Nun legte er die Tasche auf den Beifahrersitz seines SLK, schloss die Beifahrertür und betätigte die Zentralverriegelung.

„Ich hätte Dir wohl mehr Finger abhacken sollen, Giovanni?", sagte er zu dem Italiener, der ihm plötzlich den Weg zur Brücke versperrte.

Als Antwort schlug dieser ihm einen Holzknüppel, den er vom Stapel genommen hatte, mit Wucht gegen die Knie. Wie vom Blitz gefällt, stürzte Carlos Martinez zu vornüber Boden und versuchte dann aber in Richtung der Brücke weiter zu kriechen. Erneut schlug Giovanni Faustino zu. Diesmal traf er den rechten Fuß des Spaniers, mit dem dieser im Liegen nach im treten wollte. Schmerzverzerrt krümmte er sich nun und hielt sich die verletzten Stellen. Erneut holte Giovanni Faustino aus und traf nun den Hinterkopf von Carlos Martinez so, dass er mit der Stirn gegen das Brückengeländer prallte. Die Bewegungen von Carlos Martinez gingen zunehmend in Zeitlupe über.

„Hör auf Giovanni. Der hat genug!"

„Nein, Dragan! Ich habe noch nicht genug!", widersprach Giovanni Faustino seinem Begleiter.

Carlos Martinez kroch nun langsam die Böschung zur Jagst hinunter. Auf halber Höhe zum Wasser versetzte Giovanni Faustino ihm einen weiteren Hieb mit dem Knüppel gegen den Oberkörper. Gleichzeitig trat er ihm mit dem Fuß in die Nierengegend. Carlos Martinez kroch immer noch weiter. Nach einem weiteren Schlag auf den Rücken, blieb er endlich liegen.

„Ich steche ihn ab, die Sau!", wiederholte Giovanni Faustino seine schon einmal gemachte Drohung

„Nein, Giovanni! Sonst bist Du genau so schlecht, wie er. Komm, hol seinen Autoschlüssel. Du hast das Geld gesehen. Das ist Dein Schmerzensgeld."

Dragan Kovac tastete Carlos Martinez nach dem Autoschlüssel ab. Als er ihn gefunden hatte, gingen er und Giovanni Faustino zum SLK.

„Wir müssen den Wagen verschwinden lassen, Giovanni. Am besten, wir versenken ihn in der Jagst. Da kommt man uns sicher nicht auf die Spur. Und sobald der Spanier wieder wach ist, wird er sicher untertauchen und uns in Ruhe lassen", schlug Dragan Kovac vor.

„Sollten wir ihn nicht doch kalt machen, Dragan?"

„Was weißt Du schon von kalt machen? Glaube mir, ich habe mehr Menschen im Krieg kalt gemacht, als mir lieb war. Wir lassen ihn am Leben. Dann kann er seinen Auftraggebern berichten, dass in Ellwangen mit uns nicht zu spaßen ist."

Dragan Kovac setzte sich ans Steuer und verließ mit dem Wagen in Schrittgeschwindigkeit Rindelbach und folgte einem Wirtschaftsweg in nördlicher Richtung. Nach einer kurzen Strecke bog er nach rechts ab und lenkte den SLK zum Jagstufer. Dort angekommen, stellte er den Motor ab und legte den Leerlauf ein.

„Komm, Giovanni! Wir schieben den Wagen hier in die Jagst."

Beide stemmten sich gegen das Heck des SLK, bis der Mercedes aus eigener Kraft weiterrollte. Er war schon halb in der Jagst verschwunden, als die Bewegung unvermittelt stoppte.

„Scheiße, Dragan! Er hängt. Er hat sich an den Wurzeln verhakt. Was machen wir jetzt, Dragan?"

„Komm, Giovanni! Das ist egal. Wir hauen einfach ab. Morgen sehen wir weiter."

Mit der Geldtasche unter dem Arm lief Giovanni Faustino neben Dragan Kovac durch die Dunkelheit in Richtung Schönau. Sie wollten dort die Jagst überqueren und dann nach Rindelbach zu ihrem VW Jetta zurückkehren. Gegen 02.30 Uhr hatte Dragan Kovac Giovanni Faustino bei der Pizzeria „San Luca" in Röhlingen abgesetzt und fuhr nach Schrezheim weiter zu seinem Balkangrill. Bevor er sich hinlegte, verstaute er noch seine Makarov-Pistole in der Holzkiste.

In der Zwischenzeit hatten drei Männer umsonst an der alten Jagstbrücke auf Carlos Martinez gewartet.

Ture Schäffler hatte schon mehrfach per Handy versucht, seinen Schuldner zu erreichen. Aber Carlos Martinez hatte sich weder gemeldet, noch war er am vereinbarten Treffpunkt mit dem Geld erschienen. Langsam wurde Ture Schäffler ungeduldig.

„Da vorne gibt es noch eine Fußgängerbrücke über den Fluss. Vielleicht hat Carlos die gemeint?", fragte Gerd Hanser seinen Chef.

„Langsam habe ich die Schnauze voll von dem Typen. Wir gehen jetzt zu dieser Scheißbrücke. Carlos ist dann da oder nicht. Er ist auf jeden Fall fällig!", antwortete Ture Schäffler und stieg aus dem silbernen BMW aus. Zu dritt gingen sie den nur schwach beleuchteten Brückenweg flussabwärts, bis sie zu der Fußgängerbrücke kamen. Gerd Hanser und Karl Brenner, der zweite Gorilla von Ture Schäffler suchten die Umgebung der Brücke ab.

„Da vorne liegt er!", rief plötzlich Gerd Hanser.

Brenner und sein Chef eilten sofort zu ihm. Carlos Martinez lag mit dem Gesicht nach unten am Ufer der Jagst. Karl Brenner drehte ihn auf den Rücken und leuchtete mit einer Taschenlampe in sein Gesicht. Mit beiden Händen erfasste Gerd Hanser Carlos Martinez an seinem T-Shirt und schüttelte ihn. Carlos Martinez reagierte kaum darauf.

„Hast Du die Kohle, Carlos?", wollte nun Ture Schäffler von dem noch stark benommenen Spanier wissen.

„Nein. Das Geld ist im Auto, Boss", flüsterte Carlos Martinez.

„Verarsch mich nicht, Carlos! Wo ist die Kohle?"

„Im Auto, Boss", kam wieder eine leise Antwort.

„Mach ihn frisch, Gerd!"

Gerd Hanser zog den Körper von Carlos Martinez die noch bis zum Wasser fehlenden zwei Meter und tauchte dann den Kopf des Spaniers in die Jagst.

35 Ellwangen (15. Juli 2010)

Pünktlich um 18.00 Uhr begann die Pressekonferenz im Dienstgebäude der Ellwanger Polizei in der Karlstraße. Wie gewohnt, begrüßte der Hausherr, Polizeioberrat Geiger, die Anwesenden. Das Medieninteresse an dem Fall hatte mittlerweile etwas nachgelassen. Deshalb fehlten bei dieser Pressekonferenz sowohl die Radio- als auch die Fernsehredakteure. Die beiden Vertreter der lokalen Zeitungen, Bernhard Brecht und Frank Reiser, nahmen den Termin aber brav wahr.

Nach dem kurzen Eingangsstatement des Staatsanwalts trug Kriminalrat Schimmel zum aktuellen Stand der Ermittlungen vor. Wesentlicher Punkt war das Ergebnis der Vernehmung der holländischen Zeugen.

„Die Vernehmung der Holländer hat zwar unsere bisherigen Erkenntnisse bestätigt, dass zwei von ihnen mit dem späteren Opfer eine Auseinandersetzung hatten. Dabei handelte es wohl aber nur um die Rangelei zwischen rivalisierenden Fans der beiden am WM-Finale beteiligten Nationalmannschaften. Bis auf ein paar Faustschläge ist da mit hoher Wahrscheinlichkeit nichts weiter gewesen zwischen den Holländern und dem Spanier. Die niederländischen Kollegen hatten deshalb keinen Grund, die Zeugen weiter fest zu halten. Die Kripo Aalen bewertet das ähnlich. Aber – und ich wiederhole mich dabei – wir durften unsere Ermittlungsrichtung nicht zu früh einengen. Deshalb waren die Holländer wichtige Zeugen für uns."

„Was heißt denn in dem Zusammenhang einengen, Herr Schimmel?", fiel ihm Bernhard Brecht von der Schwäbischen Post ins Wort.

„Danke, dass Sie fragen, Herr Brecht. Einengen heißt, dass man einer Spur nachgeht, die man hat und deshalb nicht mehr nach den Spuren weiter sucht, die man noch nicht hat. Unter ermittlungstaktischen Gesichtspunkten ist es zwar Kräfteschonender, eine frühe Spur alleine zu verfolgen. Führt sie jedoch in eine Sackgasse, hat man eigentlich nichts gewonnen dabei. Wir sind daher der Meinung, dass es für den Erfolg unserer Ermittlungen besser ist, zunächst breit gefächert zu ermitteln und eine Sackgasse nach der anderen auszuschließen. Bis zum Schluss der richtige Weg zum Täter übrig bleibt. Ist das die Antwort auf Ihre Frage, Herr Brecht?"

„Ja. Danke, Herr Schimmel."

Gegen 18.45 Uhr hatten wieder alle Teilnehmer den Konferenzraum verlassen. Frank Reiser wollte aber noch seinem Freund Matthias Zabert einen Besuch abstatten, bevor er nach Hause fuhr, um seinen nächsten Bericht über den Mordfall für die Redaktion fertig zu machen.

„Das war ja richtig dünne Suppe heute von Deinem Kollegen Schimmel", begann Frank Reiser das Gespräch mit seinem Freund.

„Er kann natürlich nicht alles an Euch Pressefuzzies weitergeben, was wir haben", antwortete Matthias Zabert kurz.

„Na, dann lass mal hören! Das klingt ja interessant."

Matthias Zabert vergewisserte sich, ob die Tür zu seinem Büro auch tatsächlich verschlossen war, bevor er Frank Reiser Details preisgeben konnte.

„Momentan läuft die Geschichte in zwei Richtungen. Unser Opfer hat in Stuttgart als Schutzgelderpresser gearbeitet. Seit er in Ellwangen eingetroffen ist vor ein paar Wochen, hat er wohl die meisten Ellwanger Lokale besucht. Und dabei wahrscheinlich ausgekundschaftet. Die Stuttgarter Kollegen sagten, dass der Schutzgeldmarkt in Stuttgart zurzeit hart umkämpft ist. Vielleicht wollen die in die Fläche ausweichen? Wir wissen es nicht genau."

„Und die zweite Richtung?", unterbrach ihn Frank Reiser ungeduldig.

„Die zweite Richtung. Gestern haben die Kollegen Helga Arendt vernommen. Die wohnt in der Peutingerstraße. Sie war in letzter Zeit öfters mit Carlos Martinez zusammen gesehen worden. Vor kurzem hat sie eine Party bei sich zuhause gegeben. An sich nichts Ungewöhnliches. Was hat das aber jetzt mit unserem Fall zutun? Carlos Martinez hat auf dieser Party gekocht. Es gab spanische Spezialitäten. Gäste der Party, die wir ebenfalls befragt haben, berichteten von der Absicht des Spaniers, eine Tapas-Bar in Schrezheim aufzumachen. Helga Arendt hat, so wie es aussieht, dem Spanier Geld geliehen, um das Projekt zu finanzieren. Die Verträge mit der Stadt und der Brauerei waren wohl schon unterschriftsreif."

„Was hat das jetzt mit Schutzgelderpressung zu tun? Das sieht doch eher so aus, als ob der Spanier als Strohmann ein Lokal in Schrezheim aufmachen sollte, um dann dort schmutziges Geld zu waschen."

„Klingt auch nicht schlecht. Hätte ich wahrscheinlich auch so gemacht. Jetzt kommt aber der Clou an der Sache. Helga Arendt sagte aus, dass sie ihm zwanzigtausend Euro geliehen hätte, damit er seine eigenen Schulden bei den Kredithaien begleichen konnte, für die er zwangsweise arbeiten musste."

„Lass mich raten. Das Geld wurde bisher nicht gefunden?"

„Richtig!"

„Dann lass uns doch mal Eins und Eins zusammen zählen. Helga Arendt gibt dem Spanier Geld. Der Spanier wird ermordet. Irgendwie gerät Rollo durch einen dummen Zufall in die Sache hinein. Zwei dunkle Gestalten entführen ihn und wollen Geld von ihm. Aber wahrscheinlich nicht die fünftausend Euro von Ellen Steiger, sondern die zwanzigtausend Euro."

„Genau! Die zwanzigtausend Euro von Helga A-rendt. Die hat Rollo aber nicht. Und auch nie gehabt. Ich glaube ihm das. Aber angenommen, die Kredithaie hätten den Spanier umgebracht. Warum haben sie ihm das Geld dann nicht abgenommen und sind verschwunden? Weil das Geld entweder schon weg war oder weil sie es nicht gefunden haben."

„So wie der Spanier aussah, wurde er aber eindringlich befragt, bevor er getötet wurde. Zumindest kann man das aus den Verletzungsmustern herauslesen, die im Obduktionsbericht erwähnt werden."

„Das macht Sinn. Aber warum haben sie ihn erst vermöbelt, dann getötet und wollen dann von Rollo noch das Geld haben? Irgendetwas passt da nicht hinein", war die letzte Vermutung, welche die beiden Freunde anstellen konnten, als plötzlich die Tür aufging und Polizeioberrat Geiger hereinkam.

„Reiser! Sie schon wieder! Jetzt reicht es mir aber. Raus mit Ihnen! Ich erteile ihnen hiermit Hausverbot für mein Dienstgebäude. Sie kommen hier ab sofort nur noch herein, wenn Sie mit Ihrem Presseausweis winken und auf direktem Weg zur Pressekonferenz sind. Erwische ich Sie in einem anderen Teil meines Reviers, dann sind Sie fällig. Haben wir uns verstanden, Herr Reiser?"

„Ich hätte da aber noch eine Frage, Herr Geiger."

„Wollen Sie jetzt einen auf Columbo machen? Raus jetzt! Ich will Sie hier nicht mehr sehen! Und Sie, Kollege Zabert, kommen sofort in mein Büro!"

Frank Reiser schob sich augenblicklich an Polizeioberrat Geiger vorbei in Richtung Ausgang, um seinen Freund nicht noch mehr in Schwierigkeiten zu bringen.

„Kollege Zabert, Schwamm drüber! Sagen Sie Reiser, dass ich das nicht so gemeint habe", begann Polizeioberrat Geiger das anschließende Gespräch in seinem Dienstzimmer.

36 Stuttgart (16. Juli 2010)

Die Beamten des Sondereinsatzkommandos hatten das Gebäude in der Waiblinger Straße bereits geraume Zeit observiert, bevor der Einsatzleiter den Sturm des SEK auf die Zentrale der Nordin Inkasso losbrechen ließ. Ture Schäffler konnte ohne Gegenwehr festgenommen werden, weshalb er bis auf eine kleine Schramme am Kopf keinerlei Blessuren davontrug.

Weniger fromm wollten sich Gerd Hanser und Karl Brenner überwältigen lassen. Gerd Hanser zog unvorsichtigerweise auch noch seinen Revolver und zielte auf die in das Büro von Ture Schäffler stürmenden Polizeibeamten. Mit einem gezielten Kopftreffer wurde er zu Boden gestreckt. Da sie davon ausgehen mussten, dass die Kredithaie kompromisslos von ihren Schusswaffen Gebrauch machen würden, waren die Angehörigen des SEK auf eine Gegenreaktion wie die von Gerd Hanser jederzeit eingestellt gewesen.

Karl Brenner hatte die Situation schneller als sein Kumpan erkannt. Und gar nicht erst nach einer Waffe gegriffen. Das rettete ihm zumindest sein Leben. Bei der anschließenden Vernehmung wollte er auch noch einen Rest Freiheit retten.

„Als Gerd den Kopf von Carlos wieder aus dem Wasser gezogen hatte, wiederholte der Boss seine Frage. Da Carlos nur dieselbe Antwort gab und nicht mit der Kohle herausrücken wollte, hat Gerd ihn nochmals mit dem Kopf untergetaucht", gab Karl Brenner zu Protokoll, als er nach dem Tathergang am Jagstufer gefragt wurde.

„Und was haben Sie dann gemacht?", wollte der vernehmende Beamte wissen.

„Ich habe dann nichts gemacht. Dem Boss ist dann der Geduldsfaden gerissen."

„Wie hat sich das Reißen des Geduldsfadens geäußert, Herr Brenner?"

„Er sagte zu Gerd: ‚Mach ihn kalt!' Und Gerd hat den Spanier kalt gemacht."

„Und wie hat er das gemacht, Herr Brenner?"

„Er hat einfach sein Stilett gezogen und es ihm mitten in die Brust gerammt. Der Carlos hat noch ein paar Mal gezuckt. Dann war er tot. Wir haben ihn liegen lassen und sind zu unserem Auto zurück. Wir haben dann den Boss zum Hotel zur alten Post gebracht. In der Tiefgarage hatte der seinen Porsche geparkt. Er ist dann nach Stuttgart zurück gefahren. Gerd und ich haben in der alten Post übernachtet."

„Warum haben Sie auf diesen Roland Richter geschossen?"

„Der Spanier sollte dem Boss eigentlich Geld geben. Mehrere Tausend Euro. Hat er aber nicht. Hat nur etwas von Auto gefaselt, bevor der Gerd ihn kalt gemacht hat. Wir sind in dem Hotel geblieben, um uns umzuhören. Dann kam die Nachricht, dass dieser Motorradtyp Richter im Kofferraum des Mercedes von Carlos gefunden wurde. Wir haben dann vermutet, dass er wissen könnte, wo das verschwundene Geld abgeblieben ist. Dieser Biker hat ja Nerven. Ist einfach mit seinem Motorrad über die Wiese abgehauen. Ich hab dann hinter ihm her geschossen. Wollte ihn natürlich nicht treffen. Sonst hätte ich ja auch die beiden Zeugen umlegen müssen. Das ist nicht mein Stil. Gerd hätte das sicher gemacht. Der war da nicht so. Aber ich kann das nicht so einfach. Ohne Grund jemanden erschießen. Oder abstechen."

„Ist ja gut Herr Brenner. Sie Unschuldslamm. Und dann? Was haben Sie dann gemacht?"

„Wir haben diesen Biker nicht mehr gefunden. Der Boss hat uns dann befohlen, auch nach Stuttgart zu kommen. Ich hatte dann ein paar freie Tage genommen.

War nur zufällig im Büro, als Ihr SEK den Laden stürmte. Wollte dem Boss gerade sagen, dass ich aussteigen will. Dass ich mit dieser ganzen Gewalt nichts mehr zutun haben möchte."

„Ja, Herr Brenner, kann das außer dem Osterhasen und dem Weihnachtsmann sonst noch jemand bezeugen?"

„Sie müssen mir glauben! Ich bin unschuldig!"

„Abführen!", befahl der vernehmende Beamte, hielt Karl Brenner aber kurz noch am Ärmel seines Jacketts fest, bevor er aus dem Vernehmungszimmer geführt werden konnte.

„Übrigens, Herr Brenner, Ihr Chef stellt die Geschichte geringfügig anders dar. Sein Anwalt hat bereits eine Anzeige gegen Sie erstattet. Es geht um Unterschlagung. Sie sollen das Geld unterschlagen haben, das Carlos Martinez Ihrem Chef schuldete und in Ellwangen übergeben wollte. Um diese Unterschlagung zu vertuschen, hätten Sie mit Hanser gemeinsame Sache gemacht und den Spanier ermordet. Das wäre dann Tötung, um eine andere Straftat zu verschleiern. Wir würden das vor Gericht dann Mord nennen. Die Geschichte klingt auch ganz vernünftig. Nur mit dem Unterschied, dass Ihr Chef ein freier Mann ist und Sie für viele Jahre in den Bau einfahren werden, wenn seine Geschichte vor Gericht besser ankommt, als die Ihre. Was sagen Sie dazu?"

„Okay, ich packe aus!", antwortete Karl Brenner.

„Geht doch", dachte der vernehmende Beamte.

Und freute sich innerlich diebisch, dass er gerade mit seiner erfundenen Geschichte von der Anzeige gegen Brenner dessen Loyalität gegenüber Ture Schäffler doch noch geknackt hatte. Wenn es hart auf hart kommt war dem Ganoven Brenner dann doch sein Hemd näher, als der Rock. Diese alte Weisheit bewahrheitete sich im Fall Nordin Inkasso wieder einmal vortrefflich.

37 Ellwangen (26. Juli 2010)

Der Makler fuhr gleich nach dem Treffen wieder zurück in die Stadt, um mit dem Notar den nächsten Termin zu vereinbaren. Frank Reiser hatte in der Kellerhausstraße noch kurz ein paar Gepäckstücke aus seiner Wohnung geholt und wollte sich nun im Stadtcafe mit Matthias Zabert zu einem späten Frühstück treffen.

„Dass das jetzt so gekommen ist, hätte vor drei Wochen niemand ahnen können", sagte Matthias Zabert und stocherte in seinem Rührei herum.

„Stimmt. Und das alles wegen eines Spaniers. Zappa, die Welt ist schon verrückt. Was finden die Frauen nur an diesen Südländern? Kannst Du mir das sagen?"

„Nein, keine Ahnung. Wie geht es jetzt weiter, Frank? Mit Dir und Rosie, meine ich."

„Ich habe sie seit einer Woche nicht gesehen. Nur zweimal kurz mit ihr telefoniert. Sie will vorerst nichts mehr mit mir zu tun haben."

„Die Ellen hat Dich ganz schön hinein geritten. Dieses Miststück!"

„Ich bin ja auch zum Teil selbst schuld. Ich habe Ellen unterschätzt. Kaum war raus, dass die Kredithaie aus Stuttgart den Spanier auf dem Gewissen haben, hatte ich ja nichts mehr gegen sie in der Hand. Das mit der Anstiftung zum Mord war sowieso eine Schnapsidee gewesen. Das hättet Ihr mir eh nicht abgekauft. Und dann ist sie zu Rosie gegangen und hat ihr die Geschichte mit mir noch mal in allen Details geschildert. Natürlich war Rosie dann sauer. Dass ich das nur für sie und das Jackies getan habe, hat sie mir natürlich auch nicht geglaubt."

„War es denn so? Hätte sie es denn glauben können? Sei ehrlich, Frankie!"

„Zappa, die Ellen, die hat irgendetwas an sich, dem kann man nicht widerstehen. Aber klar, ich hätte nicht mit ihr ins Bett steigen dürfen, weil ich mit Rosie zusammen bin. Oder damals war."

„Und warum bist Du dann zu Ellen ins Bett gestiegen, Frankie?"

„Ich weiß es nicht! Das musst Du mir glauben. Es lief ganz gut mit Rosie. Und jetzt habe ich auf einen Schlag meinen Rohbau und unser Haus in der Schönauer Straße losschlagen können. Der Preis stimmt beides Mal auch. Ich hätte jetzt mit Rosie zusammen ziehen können. So wie sie sich das gewünscht hat."

„Und warum hast Du es nicht gemacht, Frankie?"

„Hey Zappa, lass uns erstmal in Ruhe frühstücken!"

Frank Reiser orderte noch ein Glas Orangensaft und ein Schinkenbrötchen bei der freundlichen Bedienung.

„Und hat der Geiger sich wieder beruhigt?"

„Ach der. Der tut doch nur so. Der ist gar kein so harter Hund, wie er immer vorgibt zu sein. Im Grunde genommen ist er doch auf Euch Pressefuzzies angewiesen. Nimm den Fall als Beispiel. Die Täter wurden in Stuttgart festgenommen. Die Ermittlungsarbeit haben die Kollegen aus Aalen gemacht. Und wir? Wir haben unser Polizeigebäude jeden Tag auf Hochglanz gebracht, damit die Kripo, die Staatsanwaltschaft und die Presseleute einen netten Treffpunkt zum Informationsaustausch bekommen haben. Wenn ich ehrlich bin, haben wir Ellwanger nur die Leiche gesichert und ein paar dünne Spuren verfolgt. Nicht gerade viel für einen erfahrenen Polizeioberrat kurz vor der Pensionierung. Wenn der Dich wirklich aufbocken wollte, läuft er Gefahr, dass er eine negative Presse bekommt und dann ist sein guter Ruf nicht mehr ganz so gut. So will der Geiger natürlich nicht in Pension gehen. Deshalb hat er auch gedeckt, dass ich Dir Informationen gebe."

Frank Reiser war sprachlos.

38

Bad Cannstatt (1. August 2010)

„Ein Hoch auf Don Vincenzo!", rief Angelo Faustino und prostete mit seinem Grappa den Anwesenden fröhlich zu.

Don Vincenzo nickte ihm gütig zu und nippte an seinem Schnapsglas.

„Und ein Hoch auf unseren Giovanni! Unser Held!"

Die Stimmung im „La Gondola" war ausgelassen an diesem Abend. Angelo Faustino hatte seine Pizzeria nur für geladene Gäste geöffnet, um ungestört feiern zu können.

„Ein Hoch auf Don Vincenzo, unseren Patron. Möge die heilige Madonna ihn beschützen und ihm ein langes, gesegnetes Leben bescheren", brachte Angelo Faustino erneut einen Trinkspruch aus.

Wieder nickte Don Vincenzo ihm gütig zu. Anschließend gab er seinen vier Begleitern ein Zeichen zum Aufbruch. Kurz darauf verließ Don Vincenzo das „La Gondola".

Angelo Faustino hatte heute allen Grund zum Feiern. Soeben hatte Don Vincenzo ihm durch seine Anwesenheit eine hohe Ehre erwiesen und ihm gleichzeitig damit zum Ausdruck gebracht, dass die Unstimmigkeiten der letzten Wochen beigelegt waren.

Nach dem Überfall der Schäffler-Leute auf seine Pizzeria hatte sich Angelo Faustino bei seinem Patron über dessen mangelnden Schutz beklagt. Don Vincenzo hatte daraufhin zwar die Krankenhausrechnung für Giovanni Faustino beglichen, ihm den Anflug von Illoyalität seinem Patron gegenüber aber nicht verziehen. Giovanni Faustino hatte dann einige Tage bei den Verwandten in Röhlingen verbracht. Durch Zufall hatte er seinen Peiniger, diesen Carlos Martinez, wieder getroffen. Angelo Faustino war nun mächtig stolz auf seinen Sohn. Sein Giovanni hatte nicht nur den Überfall gerächt, sondern als Zugabe auch noch eine hohe Geldsumme aus Röhlingen mitgebracht. Zehntausend Euro hatte er dem Spanier abgeknöpft.

Wie in der Zeitung zu lesen war, hatte Giovanni Faustino zum Glück nichts mit dem Tod des Spaniers zu tun. Dass er von seinen eigenen Leuten ermordet worden war, spielte im Ergebnis auch Don Vincenzo in die Karten. Seine schützende Hand über dem „La Gondola" war nun nicht mehr durch Ture Schäffler und seine Bande bedroht. Ture Schäffler sah einer Mordanklage entgegen und würde so schnell nicht wieder Stuttgart unsicher oder – wie er selbst es sah – sicher machen können. Don Vincenzo hatte auch gleich die anderen Schutzgeldpaten zu einem Treffen zusammen gerufen, um das Revier von Ture Schäffler unter ihnen aufzuteilen. Das Stuttgarter Revier! Den Ostalbkreis und den Kreis Heidenheim wollte keiner von ihnen zugeteilt bekommen. Außer Spesen nichts gewesen war dort schon für Ture Schäffler eine schmerzhafte Erkenntnis gewesen.

Einen Teil des Geldes, das sein Sohn Giovanni mitgebracht hatte, spendete Angelo Faustino zugunsten des italienischen Kindergartens in Bad Cannstatt, dessen Förderer Don Vincenzo war. Mit dieser Geste konnte er sich wieder die Gunst und den Schutz von Don Vincenzo sichern.

Und war nicht dessen Besuch heute Abend der beste Beweis dafür, dass alles wieder im Lot war?

--- ENDE ---

-Fortsetzung folgt-

Henry Gerhard

Mord im Hasenlager

Ellwangen-Krimi (Band 2)

> ## Lust auf mehr von Henry Gerhard?
> Dann lesen Sie die so genannte „Wenger-Trilogie"!

Teil 1: der Politthriller „Schüsse an der Heimatfront"

„Vorbei am Grundgesetz hat der deutsche Außenminister Gerald Wenger die Gesellschaft für technische Unterstützung zu einer schlagkräftigen Spezialeinheit für Sonderaufträge des Auswärtigen Amtes gemacht. Als sich nach der Bundestagswahl 2005 die politischen Machtverhältnisse in der Bundesrepublik Deutschland dramatisch ändern, wird ‚Charly', der interne Killer der Gesellschaft, losgeschickt, um gefährliche Mitwisser zu beseitigen. Harry Bornstedt und sein Freund und Kollege Pete Harder müssen höllisch auf der Hut sein, um dieser Säuberungswelle nicht zum Opfer zu fallen. Spätestens seit dem ‚Unfall' ihres Chefs, Oberregierungsrat Michael Thanner, wissen beide, dass es ‚Charly' ernst meint. Das muss auch Bernd Salzmann erkennen, als sein Körper auf den Triebkopf eines heranrasenden ICE auftrifft."

© 2008 Henry Gerhard; Herstellung und Verlag: Books on Demand GmbH, Norderstedt; ISBN 978-3-8370-4413-3;

Teil 2: der Kriminalroman „Zusatzzahl dreizehn"

„Die Familie Hausmann liegt tot in ihrem neuen Haus in der Bergstrasse. Warum mussten die fünf Menschen sterben? Welche Rolle spielt der ehemalige Bundesaußenminister Gerald Wenger? Offiziell übt er eine Beratertätigkeit für die staatliche Lottogesellschaft Bayern-Lotto aus. Warum trifft er sich aber regelmäßig mit Sven Wille, dem Computer-Spezialisten der Bayern-Lotto, heimlich an einem hermetisch abgesicherten Ort? Fragen über Fragen. Kriminaloberkommissar Rudolf Reuter und die Erdinger Mordkommission tappen noch völlig im Dunkel. Joe Brunner will nur seine Exfrau zurückgewinnen. Ohne es zu ahnen, ist er plötzlich den Mördern der Hausmanns auf der Spur. Der Ernst der Lage wird ihm erst bewusst, als der Kuhfänger eines schwarzen VW Touareg sich seitlich in seinen BMW bohrt.

Nach ‚Schüsse an der Heimatfront' der aktuelle Krimi von Henry Gerhard. Und der zwielichtige Gerald Wenger ist natürlich wieder mit dabei.“

© 2009 Henry Gerhard; Herstellung und Verlag: Books on Demand GmbH, Norderstedt; ISBN 978-3-8370-2045-8;

Teil 3: der Kriminalroman „**Tabula rasa**“

„Die Frau lag regungslos im unbeleuchteten Hinterhof des Hauses Rheinstrasse 14. Nur ihr leichenblasser Kopf ragte aus der blauen Plastikplane heraus, mit der sie zu einem Paket verschnürt worden war. Harry Bornstedt wusste sofort, dass hier für ihn nichts mehr zu machen war. Diese Runde hatte er gerade verloren. Aber Harry war wieder im Spiel. Er kannte immer noch nicht die Regeln und das Ziel des Spiels. Aber er kannte Gerald Wenger! Eins war damit sicher. Der Spieleinsatz war hoch. Sehr hoch! Und die Frau in der Plastikplane hatte ihren Einsatz gerade für immer eingebüßt.

Nach ‚Schüsse an der Heimatfront' und ‚Zusatzzahl dreizehn' der letzte Teil der ‚Wenger-Trilogie' von Henry Gerhard.“

© 2010 Henry Gerhard; Herstellung und Verlag: Books on Demand GmbH, Norderstedt; ISBN 978-3-8370-2470-8;